月光

Gueh-kng
陳胤台語詩集

寫 hōo
為愛 kap 理想
拖磨 ê 人

稀微的靈魂之窗

　　母語，日漸消失，身為詩的創作者，最好的搶救方式，就是投入創作：寫更多更好的母語詩，以文學作品，加入母語復興運動。

　　本詩集的創作理念：語言，來自生活日常；詩，也是。試圖用淺白的母語（台語）文字，寫日常的素材，從生活與土地的叩連中構築詩的世界，情感與音韻的表現之外，嘗試提煉一些生命哲思。最後一卷，傳達對母語與詩，在當前速食功利的社會中被邊緣化的憂心，卻又有彼此依存的溫暖——母語詩，恍如月光，稀微黯淡卻是人的靈魂之窗……

　　本詩集，連影像詩月光短歌，共122首，四卷：卷一「扶好」，生活的日常，沉思小品。卷二「刻骨ê傷痕」，土地、時事、人物之紀念。卷三「知影」，長詩或組詩，比賽作品。卷四「拋荒ê心」，母語與詩的心情筆記。

　　架構上，題目與各卷之名依序分行排列，剛好形成一首小詩，詩題可獨立，也可是首句，創作在刻意經營中總帶些意外緣分——

〈月光〉

拄好

刻骨 ê 傷痕

知影

拋荒 ê 心

　　本詩集的書寫,採漢羅混寫方式,以漢字為主,羅馬字為輔。漢字以教育部頒布的「台灣閩南語推薦用字」為主,羅馬字則用教育部頒訂的「台灣閩南語羅馬字拼音方案」。而在敘述上,盡量以簡明口語行文,並於文後附有台華文註解,稍諳台語者,都能輕鬆進入詩的天地。

　　本詩集,獲國家文化藝術基金會創作與出版雙重補助(2015、2016);部份作品曾獲得打狗鳳邑文學獎(2011、2012、2014、2015)、台南文學獎(2013、2014)、教育部閩客語文學獎(2015)、夢花文學獎(2013)、台灣文學金典獎入圍(2014)等,其中包括兩個首獎,共九個獎項,有客觀的肯定,可做為台語詩入門的參考範本。

揣著伊進前，
將所有 ê 愛，hōo
這个世界；
揣著伊了後，
kā 全世界 ê 愛，
攏 hōo 伊……

踏話頭
月娘 ê 步數

　　天氣變涼冷矣，窗外 ê 北風 kā 我講 [1]，我 ê 額頭 koh[2] 加一寡仔皺痕矣，有 ê 頭鬃嘛變做霜雪，恬恬 [3] 落 tī[4] 一个孤單 ê 暗暝，時間毋知是多情抑是無情，總是無聲無說行過，行過春夏秋冬 ê 跤 phāng[5]，行過美麗 ê 山河，行過無伊形影 gāng-gāng[6] ê 目神……啊，眼前是開闊 ê 海，海湧一波一波，淹過來，又 koh 一波一波，退落去，起起落落，就按呢，日子咻一下飛去天邊海角矣。

　　目一下 nih[7]，《戀歌》出世初版，已經兩冬外矣，伊 ê 影跡嘛愈來愈薄矣，親像雲煙消散 hiah-nī[8] 輕，hiah-nī 軟絲，毋過，有一屑仔未結 phí[9] ê 傷痕，猶 tī 夢中 teh 牽絲，khah 早講 bē 出喙[10] ê 話，有時雄雄[11] suah peh[12] 起來嚨喉探頭，總是小可 ngiau-ngiau[13]，哽 tī 半空中，吞 bē 落，koh 吐 bē 出來，真害咧，定定著愛姑情一杯燒酒，才有法度 kā 痛疼化做歌詩，啊！伊百面 tī 遠遠 ê 所在，學月娘 teh[14] 笑我，笑我這个戀大呆。

　　哈，我定著知影風 ê 詭計，老罔老 koh 會哺[15]

塗豆,這款低路 ê 戲齣,哪有法度騙倒我這隻老狐狸咧?這就是中古車 ê 好處,路邊 tshìn 彩 [16] 插咧,無煩無惱,毋驚風雨 thún 踏 [17]。毋過,思念絕對是真 ê,戀歌,永遠唱 bē 煞 [18],只是伊,已經毋是原來 ê 伊矣,現此時,成做暗暝一粒美麗 ê 天星,tī 眾神慈悲 ê 眼內,teh 看我,等我。你知影,我早早就和家己 ê 青春少年有約束:揣 [19] 著伊進前,將所有 ê 愛,hōo 這個世界;揣著伊了後,kā 全世界 ê 愛,攏 hōo 伊……啊,逐擺,若看著月光 hiah-nī 溫柔,koh 無私心,沓沓仔 [20] 照光每一條烏暗 ê 小路,我都感動 kah 目屎流目屎滴。這 kám 是上帝 ê 目睭?

性命本底是無圓滿 ê,就是因為有欠缺,咱才有拍拚 ê 理由,這一兩冬,tī 眾人鄙相 [21] 看衰 ê 眼神內面,我看著一寡母語 ê 皮肉又 koh 死去矣,毋過,另外一寡靈魂卻 tī 我 ê 心底復生,生死之問,留落來 ê 跤跡印記,攏是我硬頸 ê 歌詩,假使有一工,咱可憐 ê 母語若正式入土,遮,hōo 我祝福過、唸讀過 ê 詩,就是世間上婿 [22] ê 墓牌……

是講,這本《月光》,其實毋是正港 ê 月光,是我對世間風塵 ê 愛戀 kap 毋甘,種種 ê 掛礙,若

親像心肝頭海湧 ê 起落，不時淹過目墘 [23]，憂悶當咧無法度接載 [24] ê 時，詩，是一種消解 ê 步數 niā-niā [25]，每一個寂寞 ê 暗暝，一杯燒酒落喉了後，我攏會泡一鈷 [26] 薄薄 ê 燒茶，恬恬點一蕊 [27] 電火，慢慢仔，雙跤交疊坐落來，安安靜靜，tī 榻榻米享受一个人 ê 孤單，hit 時才知，每一下喘氣，攏是神 ê 恩賜，kap 關愛。

　　世間變涼冷矣，我 ê 心，當咧燒烙。這是月娘教阮 ê 步數……tī 遠遠 ê 伊，kám 知影我 ê 心意？

——2016/12/1

註解：

1. kā 我講：共我講，「跟我講」。
2. koh：閣，「再」。
3. 恬恬（tiām-tiām）：「靜靜」。
4. tī：佇，「在」。
5. 跤 phāng：跤縫，「腳縫」。
6. gāng-gāng：愣愣，「發呆出神」。
7. nih：瞬，「眨眼」。
8. hiah-nī：遐爾，「那麼」。
9. 結 phí：結疕，「結痂」。
10. 喙（tshuì）：「嘴」。
11. 雄雄（hiông-hiông）：「突然、一時之間」。
12. peh：「爬」。
13. ngiau-ngiau：撟撟，「癢癢的」。
14. teh：咧，「正在」。
15. 哺（pōo）：「咀嚼」。
16. tshìn 彩：清彩，「隨便」。
17. thún 踏：坉踏，「糟蹋」。
18. 煞（suah）：「結束」。
19. 揣（tshuē）：「找尋」。
20. 沓沓仔（tàuh-tàuh-á）：「慢慢地」。
21. 鄙相（phí-siùnn）：「輕視」。
22. 上媠（siōng-suí）：「最漂亮」。
23. 目墘（bàk-kînn）：「眼眶」。
24. 接載（tsih-tsài）：「支撐」。
25. niā-niā：爾爾，「而已」。
26. 一鈷（tsit kóo）：「一壺」。
27. 一葩（tsit pha）：「一盞」。

篇目

第二卷 刻骨 ê 傷痕

第三卷 知影

第四卷 拋荒 ê 心

月光之外

拄好 Tú-hó

月光
拄好
刻骨 ê 傷痕
知影
抛荒 e 心

人字

千萬雙
渡鳥 ê 溫柔
又 koh 堅強 ê 翼 [1]
慢慢飛入去
黃昏 ê 目睭
秋天，雄雄 [2] 排做一字
人

無疑悟 [3]
這是性命 ê 勇士

阮每一句拄 [4] beh 寫 ê 詩
Gāng-gāng [5] 看著上天恬恬 [6] 無講話
一時見笑 [7] 面紅……

原來詩
毋是用寫 ê
心肝剖開
就有

註解：

1. 翼（sit）：「翅膀」。
2. 雄雄（hiông-hiông）：「突然、一時之間」。
3. 無疑悟（bô-gî-gōo）：「想不到」。
4. 拄（tú）：「正要」。
5. gāng-gāng：愣愣，「發呆出神」。
6. 恬恬（tiām-tiām）：「靜靜」。
7. 見笑（kiàn-siàu）：「羞恥、害羞」。

人面火車

火車犁頭，一直
Lú¹ 來 lú 去，性命
成做　垃胳銩 ²
家己，嘛毋知 beh 駛 toh³ 去

人面來人面去
人面嘛是一本冊
讀 kah　Line⁴ 一聲
當時 teh 睏 ê 眠夢 tshuah⁵ 一下
毋過，隨時 koh 睏去

上帝 ê 通知無接著
火車毋知 beh 駛 toh 去

無法度，越頭 ⁶……

註解：

1. lú：鑢，「擦拭」。
2. 垢胳鉎（káu-keh-sian）：「身上污垢」。
3. toh：佗，「哪裡」。
4. Line：「App 通訊程式」。
5. tshuah：掣，「顫抖」。
6. 越頭（u̍at-thâu）：「回頭」。

大蔥頭

今仔日，大蔥頭
心事重重
Hōo 我 [1] 目屎流目屎滴

規氣 [2] kā [3] 不如意 ê 過去
做伙切切 ê，摻 [4] 一寡仔
風霜就好
免 lām [5] 鹽
然後，煮一鼎
人生滋味

配酒，牽詩
恬恬 [6] 食一世人

註解：

1. hōo 我：予我，「讓我」。
2. 規氣（kui-khì）：「乾脆」。
3. kā：共，「把、將」。
4. 摻（tsham）：「放入」。
5. lām：濫，「混雜」。
6. 恬恬（ˈtiām-tiām）：「靜靜」。

日頭

日頭 ê 眼神，一寸一寸
Tī 玻璃 ê 身軀，搬徙 [1]
寒天 ê 心事，著愛提出來外口 [2]
曝一寡仔日，才 bē 生菇

靈魂，一寸一寸燒熱
開始有花草 ê 芳味，春天
應當 teh beh [3] 清醒，kap 暗暝相辭
了後，用耳空 [4] tī 天頂等待
第一隻鳥仔 ê 歌聲

光線，透入窗仔內
Hōo 冷心 ê 咖啡淡薄仔溫暖
拄好 [5] 親像你離開 hit 暝
滴落喙 [6] 唇，目屎 ê 溫度……

註解：

1. 搬徙（puann-suá）：「移動」。
2. 外口（guā-kháu）：「外面」。
3. teh beh：咧欲，「快要」。
4. 耳空（hīnn-khang）：「耳孔、耳朵」。
5. 拄好（tú-hó）：「剛好」。
6. 喙（tshuì）：「嘴」。
——2017《台文筆會年刊》

月光

Hit 時
我 tī 細漢 ê 記持 [1] 內面
種一欉 [2] 夢想
好佳哉，koh 有目屎好沃 [3]
無論歡喜，抑是悲傷
只要有月光，伊就直直大漢
枝葉嘛漸漸湠 [4] 開……

這時
我聽著花開 ê 聲音
有一種思念 ê 芳味
親像燈蛾全款 [5]
Kā 規 [6] 樹林 ê 心事，攏總
掀出來，春夏也好
秋冬也好，憂悶 ê 露水
猶原會記得月娘 ê 恩情
一點一滴，用愛報答
你珍惜 ê 暗暝……

註解：

1. 記持（kì-tî）：「記憶」。
2. 欉（tsâng）：計算植株的單位。
3. 沃（ak）：「澆、灌溉」。
4. 湠（thuànn）：「蔓延」。
5. 仝款（kāng-khuán）：「相同」。
6. 規（kui）：「整個、全部」。

毋知死活 ê 愛情

你講你愛我
毋過，kan-na[1] beh 和別人
做愛，這是啥物款 ê 愛？
連眠床都毋知

愛情，永遠是一隻
自殺慣勢[2] ê 靈魂
隨時死去，隨時復活
所以，一直
毋知死活……

按呢，毋知
做出來 ê　是啥物愛？
毋知，愛，是啥物做 ê？
嘛毋知，愛，是 beh 做啥物？

免講，你嘛知影
我愛你，只好開始學你
揣[3] 別人做愛，只是……

全鼎無全灶
這 khann 飯[4]，毋知

Kám 會[5] 孝孤[6] 得？

註解：

1. kan-na：干焦，「只」。
2. 慣勢（kuàn-sì）：「習慣」。
3. 揣（tshuē）：「找尋」。
4. 這 khann 飯：這坩飯，「這鍋飯」。
5. kám 會：敢會，「怎能」。
6. 孝孤（hàu-koo）：「粗俗地叫人拿去吃」。

愛 kap 恨，tī 鏡裡相閃身
時間 teh 曝死囡仔乾
上帝，平安

水 ê 珠淚

透暝落雨了 ê 早起
啥人 ê 目屎
Bē 記得轉去厝裡
含¹ tī 青青 ê 樹葉，閃爍²

紫色 ê 花蕊，猶未開
夢，若未醒

天地，上蒼
Tī 你 ê 目睭內底
Kám 猶原會記得
一種叫做愛情 ê 月光

水，滴落來
一粒一粒
受傷 ê 心

註解：

1. 含（kâm）：「東西銜在嘴裡」。
2. 閃爍（siám-sih）：「光明滅不定」。

036　月光

卡啦 OK

山，拄 [1] beh 眠夢
天頂，稀微 [2]
無幾粒星

這哪會是歌？
你當時 teh 替家己
唸咒懺 [3]，下蠱毒 [4]

山，卡啦
Kám 有 OK？

註解：

1. 拄（tú）：「正好」。
2. 稀微（hi-bî）：「寂寞、寂寥」。
3. 咒懺（tsiù-tshàm）：「咒語經文」。
4. 蠱毒（kóo-tȯk）：「害人的毒餌」。

伊

毋知按怎
Suah[1] 無法度無想伊
心肝 ê 一部份
Tuè[2] 伊
飛去千里遠矣

伊只是一个
濛濛 ê 形影
甚至 tshun[3] 一陣稀微[4]
蓮花 ê 芳味，毋過
愛情 ê 世界
地球本來無偌[5]大

凡勢仔[6]一出世
心肝就缺角[7]破相
欠一个伊，遠遠 ê 伊
近近 ê 伊
熟似[8] ê 伊，生份[9] ê 伊……
攏是我過敏 ê 喘氣啊

伊，到底 tī toh 位
才有法度

Mài[10] 想伊？

註解：

1. suah：煞，「竟然」。
2. tuè：綴，「跟著」。
3. tshun：賰，「剩下」。
4. 稀微（hi-bî）：「寂寞、寂寥」。
5. 偌（guā）：多少。
6. 凡勢仔（huān-sè-á）：「或許」。
7. 缺角（khih-kak）：「破損缺角」。
8. 熟似（sik-sāi）：「熟識」。
9. 生份（senn-hūn）：「陌生、不熟悉的」。
10. mài：莫，「不」。

你走了後

玻璃猶有 phú-phú ê 夢

月娘，是一肢溫柔的手

老師

一支 kā 人咒誓[1] ê 喙[2]
一直 teh 講
無心肝 ê 話

一个古井，看天
無神
Ê
目睭

Kan-na[3] 看著
雞卵內面 ê 骨頭
無看著家己尻脊骿[4]
面頂 ê 刺

註解：

1. 咒誓（tsiù-tsuā）：「發誓」。
2. 喙（tshuì）：「嘴」。
3. kan-na；干焦，「只」。
4. 尻脊骿（kha-tsiah-phiann）：「背部」。

走揣 [1]

若無心肝，這个世界
其實，無存在

我一點一滴，bē 記得
這个世界，這个世界
嘛一點一滴，bē 記得我

自頭到尾，我攏無屬於
這个世界，一寡仔花芳
害我拍毋見 [2]
轉去 ê 路途

若無愛，我
就毋是我

蝴蝶用翼 [3]
成全一蕊花 ê
願望，我
用一世人 ê 青春
寫詩，為著
走揣一个
仝款目屎 ê 靈魂

Hōo 全世界

Bē koh 寂寞，孤單……

註解：

1. 揣（tshuē）：「尋找」。
2. 拍毋見（phah-m̄-kìnn）：「遺失」。
3. 翼（sit）：「翅膀」。

歲月多情
草葉有一寡天星ê光
眠夢，有影　著時

咖啡

啉¹ 一杯咖啡，hōo 時間
精神，沓沓仔²
Tshuā³ 我去散步

毋知風，到底是按怎？
一直來捅⁴ 門
我拍開⁵
平靜 ê 心，無半个人影
Kám 講愛情
Beh koh 來凌遲

一杯漸漸
對苦變甘 ê 咖啡……

1. 啉（lim）：「喝」。
2. 沓沓仔（tàuh-tàuh-á）：「慢慢地」。
3. tshuā：𤆬，「帶領」。
4. 挵（lòng）：「撞、敲」。
5. 拍開（phah-khui）：「打開」。

拄好 [1]

拄好月娘行過
有你形影 ê 水面，拄好
一寡仔 khǹg [2] tī 心底 ê 代誌
浮出來，拄好淹過一隻狗蟻
Teh 歇涼 ê 記持 [3]，拄好一蕊花
日時拍無去 ê 傷悲，拄好一粒
含 tī 暗暝目墘 [4] 轉踅 [5] ê 露水
滴落塗，拄好一欉 [6] 小小 ê 向望 [7]
湠開……拄好一片青春 ê
寂寞，行 tī 雙叉路頭
拄著你

Hit 工開始，我靈魂 ê 呼叫
Tī 你 ê 目睭內，盤山過嶺
一直等，一直等，等待一聲
輕輕 ê 回聲……

註解：

1. 拄好（tú-hó）：「剛好」。
2. khñg：囥，「放」。
3. 記持（kì-tî）：「記憶」。
4. 目墘（ba̍k-kînn）：「眼眶」。
5. 踅（se̍h）：「打轉」。
6. 欉（tsâng）：計算植株的單位。
7. 向望（ǹg-bāng）：「希望」。

拍見¹一首詩

竟然一點仔影跡都無
Hit 首詩……

Hit 下晡，我拄睏醒 ê 目睭
一步一步，行起哩² 樓梯
無張持³ suah 扶⁴ 著一首詩，喙角⁵
沓沓仔⁶ giú 懸⁷，用上慢上慢 ê 節奏
當咧享受，靈魂 kap 皮肉交纏
射入去無限境界 ê 快感之時，竟然
挵⁸ 著一句請安：老師好——
好！爽歪歪 ê 詩，隨消風去矣

紲來⁹，才經過一个越角¹⁰
Suah 連一點仔影跡都無
Hit 首詩……想講，跤 phāng¹¹
Koh 有一寡仔氣味，啥知
連越角都無去，mài 講是樓梯

我眠眠，行入去教室
若無穿衫全款
學生笑 kah 強 beh 反過¹²
竟然一點仔影跡都無……

註解：

1. 拍見（phàng-kiàn）：「拍毋去」ê 連音，「遺失」。
2. 行起哩（kiânn-khì-lih）：「走上去」。
3. 無張持（bô-tiunn-tî）：「不小心」。
4. 抾（khioh）：「撿拾」。
5. 喙角（tshuì-kak）：「嘴角」。
6. 沓沓仔（ta̍uh-ta̍uh-á）：「慢慢地」。
7. giú 懸：「拉高」。
8. 挵（lòng）：「撞、敲」。
9. 紲來（suà--lâi）：「再來、接續」。
10. 越角（ua̍t-kak）：「轉角」。
11. 跤 phāng：「腳縫」。
12. 反過（píng--kuè）：「翻過去」。

我 ê 孤單，不時揣一塊鏡
看家己 koh 有 tī 咧無？
敬天愛地，青春乾杯

春天 ê 心意

有影無？
定定我會想起
有人，偷偷仔 teh 唱歌
月娘，知影……

註解：

回文詩。正 lu 倒 lu，烏白 lu，攏會通。
——《台文戰線》43 號 /2016/7

花有開無開，無要緊
露水姻緣，嘛是七世恩情
運命，雄雄 beh 按怎講？

家己跳舞

我家己，為這个世界
跳一 tè 舞 [1]。
無音樂，無觀眾。

無要緊，至少
這是我正港 ê 身軀
我 ê 詩。

土地，永遠有一肢手
Teh 挵 [2] 鼓。
靈魂 ê 節奏。

暗時 ê 天頂
嘛有千千萬萬粒
閃爍 [3] ê 目睭。

只是，我 teh 揣 [4]
揣一聲，滴落我性命舞台
仝 [5] 心 ê 心跳……

1. 一tè舞（tsit tè bú）：「一支舞」。
2. 挵（lòng）：「撞、敲」。
3. 閃爍（siám-sih）：「光明滅不定」。
4. 揣（tshuē）：「尋找」。
5. 仝（kang）：「相同」。

時鐘

時間，阻擋 bē tiâu[1]
只好，tuè[2] 伊直直行
越頭，較早 ê 我　tī 遐[3]

向前，頷頸[4] 伸[5] 長
躡跤尾[6] 看
未來 ê 我　tī 遐

這 má[7]，我吊 tī 壁頂
Suah 看無家己
形影

註解：

1. 擋 bē tiâu：擋袂牢，「擋不住」。
2. tuè：綴，「跟著」。
3. tī 遐（tī-hia）：佇遐，「在那裡」。
4. 頷頸（ām-kún）：「脖子」。
5. 伸（tshun）：「使肢體或彈性物體變直或變長」。
6. 躡跤尾（nih-kha-bué）：「踮著腳尖」。
7. 這 má：這馬，「現在」。

草悟道

詩，擘[1]開目睭
金金看
一欉[2]癡迷 ê 草

一直看，看 kah
伊 tìm 頭[3]
我微微仔笑

歡喜，是一條美麗 ê 路
對面頭前，恬恬[4]
行過來……

註解：

1. 擘（peh）：「打開」。
2. 欉（tsâng）：計算植株的單位。
3. tìm 頭（tìm-thâu）：頕頭，「點頭」。
4. 恬恬（tiam-tiām）：「靜靜」。

偷看

暗暝，透明 ê 窗仔
偷看你，kap 你 ê 生活
你 ê 悲歡離合，你 ê 一切
Ê 一切……

我拍開[1]家己 ê 心
才知，有人 teh 偷看
我 ê 靈魂，伊
面紅紅，有淡薄仔歹勢

我趕緊，想 beh
Kā tī 玻璃 ê hit 首詩
拭[2]掉——毋過
伊，早就飛去風中矣

變做癡情 ê 月光
永遠，永遠
照著你 ê 樓窗

註解:

1. 拍開（phah-khui）：「打開」。
2. 拭（tshit）：「擦」。

啥人來教阮唱歌

Tī 嘻嘻嘩嘩 ê 世界
我已經揣[1] 著家己 ê 聲音
啥人來教阮唱歌？

生活無奈，有時 hōo 我
小可仔[2] 梢聲[3]
毋過孤單內面，已經無驚惶[4]
刻 tī 時間溪底
Hit 粒覺悟 ê 石頭面頂 ê
Kám 是阮 ê 名？

水，恬恬[5] 仔流
恬恬仔流 ê，毋知
是日頭，抑是月娘 ê 光
有時陣，我是山
有時陣嘛是海
我已經揣著家己 ê 世界
啥人來教阮唱歌？

註解：

1. 揣（tshuē）：「尋找」。
2. 小可仔（sió-khuá-á）：「稍微、些微、少許」。
3. 梢聲（sau-siann）：「聲音沙啞」。
4. 驚惶（kiann-hiânn）：「驚恐、害怕」。
5. 恬恬（tiām-tiām）：「靜靜」。

速食店,早頓

這个世界
適合沙微¹ê 目睭
穿一領薄薄 ê
白色紗仔衫
夢想 ê 日頭,拄好²
勻勻仔³,行入來

桌頂,厭僐⁴ ê 報紙
新聞一條一條吐大氣
冷淡 ê 眼神,恬恬⁵仔看
這个世界

大人囡仔,做伙犁頭⁶
欺負瘦卑巴⁷ê 手機仔
這个世界,hōo 網路統一矣
連哀爸叫母 ê 聲
嘛全 kah 起愛笑

孤單 ê 壁角,tshun⁸一支獨立 ê 筆
綿爛⁹,慢慢仔 teh 畫,teh 寫
一片日頭春光
毋過,這个世界

愈來愈 沙微……

註解：

1. 沙微（sa-bui）：「糢糊不清」。
2. 拄好（tú-hó）：「剛好」。
3. 匀匀仔（ûn-ûn-á）：「慢慢地」。
4. 僊（siān）：「煩」。
5. 恬恬（tiām-tiām）：「靜靜」。
6. 犁頭（lê-thâu）：「低頭」。
7. 瘦卑巴（sán-pi-pa）：「瘦巴巴」。
8. tshun：賰，「剩下」。
9. 綿爛（mî-nuā）：「堅持、固執」。

想 beh kā 愛情畫落來
春夏秋冬
家己，suah 離葉離枝

陷眠 [1]

我假影 [2] 做一尾蟲
Bih [3] 入去烏暗 ê 岫 [4] 窟
現實 ê 世界 beh 揣 [5] 一个寒天
哪有啥困難？

就按呢，詩恬恬 [6]
家己陷眠起來……

我真正變做一尾蟲矣。

一寡仔驚惶 [7]，偷偷仔
探出去洞外
試看覓 [8] 仔
人情 ê 冷暖

註解：

1. 陷眠（hām-bîn）：「做夢」。
2. 假影（ké-iánn）：「假裝、假的」。
3. bih：覕，「躲」。
4. 岫（siū）：「巢」。
5. 揣（tshuē）：「尋找」。
6. 恬恬（tiām-tiām）：「靜靜」。
7. 驚惶（kiann-hiânn）：「驚恐、害怕」。
8. 試看覓（tshì-khuànn-māi）：「試試看」。

窗仔門

一直毋知
關 tī 內面 ê
是你，抑是我

其實，冷心 ê 玻璃面頂
永遠有溫暖 ê 跤跡 [1]
日頭抑是月娘
恬靜 ê 光……

一直 teh 等待
一寡仔露水
早起抑是暗暝
歡喜抑是傷悲
攏好

1. 跤跡（kha-jiah）：「腳印」。
  ——《台文戰線》43 號 /2016/7

著火 ê 愛

著火 ê 愛，是一種仇恨
請你，用所有 ê 氣力
緊來怨恨我啊

我 ê 身體，已經冰冷霜凍
毋是查甫，也毋是查某
Tī 這个無情 ê 世界
男女之別，早就失去意義

Tī 一个清醒 ê 夢中
（kám 真正
teh 陷眠[1]？）
我看著你，目屎變做血
恬恬[2] 流落來，白色 ê 世界
一寸一寸，漸漸染紅

啥人 tī 橋頂 teh 唱歌？
一尾大蛇，對摔流[3] ê 江河
雄雄[4] 飛起來，請你
緊來怨恨我啊
著火 ê 愛……

註解：

1. 陷眠（hām-bîn）：「做夢」。
2. 恬恬（tiām-tiām）：「靜靜」。
3. 掣流（tshuah-lâu）：「湍急」。
4. 雄雄（hiông-hiông）：「突然、一時之間」。

074　月光

暗暝

熱天 ê 心
漸漸，秋天

稀微 [1] ê 火，若像
照 bē 清楚，你 ê 面容

我思念你，抑是
你向望 [2] ê 愛情
做伙伸 [3] 手，偷挽
Hit 粒，閃爍 [4] ê 天星

暗暝，小可仔 [5] 涼涼矣
我 ê 心，猶原
嘩噗采 [6]……

1. 稀微（hi-bî）：「寂寞、寂寥」。
2. 向望（ǹg-bāng）：「希望」。
3. 伸（tshun）：「使肢體或彈性物體變直或變長」。
4. 閃爍（siám-sih）：「光明滅不定」。
5. 小可仔（sió-khuá-á）：「稍微、些微、少許」。
6. 嗶噗采（pī-phok-tshái）：「心跳聲」。

會記得

你就藏好勢[1]
毋通 hōo 思念對褲袋仔
吐出來

你若攑頭[2] 看天
莫 bē 記得，每一蕊花
攏有暗暝 ê 露水

天星，總是心悶
天 beh 光 ê 時陣
眠夢，beh 按怎交接

你若對寂寞無風 ê 世界
倒轉來，詩，嘛愛會記得
喘氣，順紲[3] 寫一張
愛情 ê 批

註解：

1. 好勢（hó-sè）：「順利、妥當」。
2. 攑頭（giah-thâu）：「抬頭」。
3. 順紲（sūn-suà）：「順便」。

溫暖 ê 意義

Hiah-nī¹ 短 ê 春天
Kám 有夠² 一蕊心　花開？

愛情，冰凍 tī 霜雪內面
已經，千萬年矣
逐³ 遍，你行過 ê 跤跡⁴
阮攏叫是日頭 ê 光線
毋過，天星嘛好
至少伊知影
溫暖 ê 意義

Tī 冷冷夜空閃爍⁵ ê
是你 ê 目神，抑是
我 ê 孤單……

無人　知影

這條歌，hiah-nī 短
哪會，唱 bē 煞⁶？

註解：

1. hiah-nī：遐爾，「那麼」。
2. kám 有夠：敢有夠，「哪裡夠？」。
3. 逐（tȧk）：「每一、每個」。
4. 跤跡（kha-jiah）：「腳印」。
5. 閃爍（siám-sih）：「光明滅不定」。
6. 煞（suah）：「結束」。

腹肚

食飯，一首
拄寫好 ê 詩
成做碗箸[1]，擺 tī 邊仔

猶 tī 字 kap 字中間
走 tsông[2]
一逝[3]一逝
流浪 ê 意象
枵[4] 矣乎[5]？

兩圈[6] 腹肚
做伙，咕嚕咕嚕

迷人 ê 節奏……

註解：

1. 箸（tī）：「筷子」。
2. tsông：從，「跑」。
3. 一逝（tsit tsuā）：「一行」。
4. 枵（iau）：「餓」。
5. 乎（hooh）：「疑問助詞」。
6. 圈（khian）：「個、粒」。

賊

你 kā 上帝偷提
一首詩，起造
一个　有情 ê 世界

我 kā 你偷提
一寡仔情意，去愛
一个　無完滿 ê 天地
美麗，殘酷，歡喜，悲傷
沓沓仔[1]，kā 我
拆食落腹

消化不良 ê 詩
拍一个孤單 ê 噎仔[2]
恬恬[3] 行 tī，秋涼 ê 暗暝
偷偷仔，向失神 ê 天星
伸[4] 出，第三肢手……

註解：

1. 沓沓仔（ta̍uh-ta̍uh-á）：「慢慢地」。
2. 拍噎仔（phah-uh-á）：「打嗝」。
3. 恬恬（tiām-tiām）：「靜靜」。
4. 伸（tshun）：「使肢體或彈性物體變直或變長」。

電火

頭毛白矣。
白 kah 眠夢　發光

青春，無影無跡
騙講 beh 相揣[1]
攏無

我哀愁 ê 目神
姑不而將[2]，恬恬[3]
看你行過

Hit 條小路
愈來　愈遠……

註解：

1. 揣（tshuē）：「尋找」。
2. 姑不而將（koo-puh-jî-tsiong）：「不得已」。
3. 恬恬（tiām-tiām）：「靜靜」。

夢

這个世界，是虛假 ê
抑是真實 ê？我順 tuè[1]
眠夢 ê 小路行過去
你 ê 夢中，有一寡仔驚惶[2]
Kap 空虛，吊 tī 樹頭
我揣[3] 無　家己 ê 形影……

連風都無，靜 kah 嘛毋知 beh 按怎
叫你 ê 門，我用冬尾 ê 露水
做鏡，啊！你我攏無 tī 遐[4]
顛倒照出一个，濛濛 ê 世界
澹澹[5] ê 落葉，鋪 tī 過去未來之間
跤步一踏出，窸窸窣窣[6]
我看著兩領　嘛澹澹
當咧做夢 ê 衫……

這个世界，是毋是
Koh 咧陷眠[7]，若無
哪會無咱 ê 形影？

註解：

1. tuè：綴，「跟著」。
2. 驚惶（kiann-hiânn）：「驚恐、害怕」。
3. 揣（tshuē）：「尋找」。
4. 遐（hia）：「那裡」。
5. 澹澹（tâm-tâm）：「潮濕的樣子」。
6. 窸窸窣窣（si-si-sut-sut）；「細碎的摩擦聲」
7. 陷眠（hām-bîn）：「做夢」。

網路

網路，夢路
果然一片，茫茫
大海

無量數，閃閃爍爍[1]
揣[2] 無厝 ê
世間燈火

網路，網露
秋夜情重，因緣總是
對手指頭仔 phāng[3]，鑽過
Tshun[4] 一寡仔，澹澹[5] ê 寂寞
留 tī 樹葉仔面頂
照著[6] 月光

夢見，茫茫大海
果然一片破網
一隻孤單 ê 船，越頭上岸
家己行向，傷心 ê
無人之路……

註解：

1. 閃爍（siám-sih）：「光明滅不定」。
2. 揣（tshuē）：「尋找」。
3. phāng：縫，「間隙」。
4. tshun：賰，「剩下」。
5. 澹澹（tâm-tâm）：「潮濕的樣子」。
6. 照著（tsiò-tòh）：「照亮點燃」。

遠遠 ê 所在

明明感慨萬千
筆尖竟然，無半句詩
Hit 雙活靈透明 ê 目睭
這 má¹，bih² tī toh³ 位？
我點著⁴一支稀微⁵ ê 蠟燭
Suah kan-na⁶ 揣⁷著自己 ê 孤單
人生 beh 按怎講，緣份
不時 tī 眾人嘻嘻嘩嘩當中
相閃身，相信上帝
相信愛，世間無人註定
永遠是孤單 ê，伊一定踮 tī
某一个遙遠 ê 所在，仝款
用寂寞 teh 寫詩，無論日時
抑是暗暝，用我想伊 ê 目神
Teh 想一个繁華花開 ê 春天
時間直直老，我 ê 心
Suah 愈來愈少年，夢想
Koh 咧著火，芳味 tuè⁸ 伊飄散去
遠遠 ê 所在，遠遠 ê
所在，遠遠 ê 所在……

註解：

1. 這 má：這馬，「現在」。
2. bih：覕，「躲藏」。
3. toh：佗，「哪裡」。
4. 點著（tiám-toh）：「燃起」。
5. 稀微（hi-bî）：「寂寞、寂寥」。
6. kan-na：干焦，「只」。
7. 揣（tshuē）：「尋找」。
8. tuè：綴，「跟著」。

銅像

涼爽 ê 秋天啊
你 ê 心肝頭，kám 猶原
有一尊堅定 ê 銅像
記念夢想，kap 愛情
行過 ê 跤跡

哀愁 ê 秋天啊
厭氣[1] ê 時，你 kám 時常
會想起，我
掛 tī 窗仔邊
躊躇[2] ê 目睭

好心 ê 秋天啊
感謝你，收容我
寫歹去 ê 詩體，koh hōo 伊
一領溫暖 ê 棉被

感謝一片挂[3] 落塗 ê 紅葉
順紲[4] 點著[5]，我老去 ê 青春
Kā 遮，少年時 ê 孤單
燒做一尊銅像，記念一寡仔
無真偉大 ê 記念

註解：

1. 厭氣（iàn-khì）：「形容人怨嘆、不平的情緒」。
2. 躊躇（tiû-tû）：「猶豫」。
2. 拄（tú）：「剛好」。
4. 順紲（sūn-suà）：「順便」。
5. 點著（tiám-toh）：「點燃」。

翻頭

一條紅絲仔線
所牽 tiâu¹ ê
是啥物款 ê 因緣

這頭，有冊喘氣 ê 芳味
恬靜 ê 故事，suah 對 hit² 頭
沓沓仔³ 開始，內面
一隻睏規千年 ê 地牛
小小一下反身
又 koh 是做了啥物眠夢

世間傳說 ê 愛
親像一蕊⁴ 稀微⁵ ê 燈火
Gāng-gāng⁶ 看你離開，無影無跡

一蕊偷偷仔翻頭 ê 目睭……

註解:

1. 牽 tiâu（khan-tiâu）：牽牢，「緊緊牽住」。
2. hit：彼，「那」。
3. 沓沓仔（tȧuh-tȧuh-á）：「慢慢地」。
4. 一葩（tsit pha）：「一盞」。
5. 稀微（hi bî）：「寂寞、寂寥」。
6. gāng-gāng：愣愣，「發呆出神」。

刻骨的傷痕 khik-kut ê siong-hûn

月光
拄好
刻骨 ê 傷痕
知影
拋荒 ê 心

〈X〉

一片青春
燒做一陣輕輕 ê 煙
飛走矣

課綱，是毋是
愛 kā 伊 ê 名
寫入去烏箱內面

哀悼！

就算 tshun[1] 一口氣
嘛愛對會起家己……

註解：

北區反課綱高校聯盟發言人林冠華，2015/7/30，生
日 hit 工，被自殺。遺願：「部長，把課綱退回吧。」

1.　tshun：賰，「剩下」。

千里迢迢 ê 數念
——數念張炎憲教授

風涼矣。竟然
對美國開始落雨
千里迢迢,一路落轉來
你我每日數念 ê 島嶼

太平洋 teh 講,這毋是雨
每一片閃爍[1] ê 海波浪
攏是歷史毋甘 ê 目屎
滿滿,寫 tī 坎坷 ê 土地面頂

種一欉[2] 樹仔,叫做夢想
用血汗,kā 搖籃內 ê 祖國
一寸一寸,晟養[3] 大漢
你我數念[4] ê 目神
恬恬[5] 流做一條溫暖 ê 大河
一陣戇戇[6] 犁頭[7] ê 青盲[8] 牛
嘛開始看 bat[9] 愛這字,漸漸
踏響你勇敢 ê 跤跡[10]

風涼矣。Suah 換心 teh 落雨
秋夜更深,總是有落葉
月娘 ê 目尾,此時此刻

猶原 koh 含 [11] 一粒
Beh 滴未滴 ê 露水

這是我千里迢迢 ê 哀愁
Ê 數念……

註解：

一世人為台灣文化走 tsông ê 歷史學者——張炎憲教
授，2014/10/3，因為急性 ê「心肌梗塞」，不幸 tī
美國過身，享壽 67 歲。毋甘，用一首澹澹 [12] ê 詩，
數念伊。

1. 閃爍（siám-sih）：「光明滅不定」。
2. 欉（tsâng）：計算植株的單位。
3. 晟養：（tshiânn-ióng）：「養育」。
4. 數念（siàu-liām）：「懷念」。
5. 恬恬（tiām-tiām）：「靜靜」。
6. 戇戇（gōng-gōng）：「憨傻」。
7. 犁頭（lê-thâu）：「低頭」。
8. 青盲（tshenn-mê）：「瞎眼」。
9. bat：捌，「認識」。
10. 跤跡（kha-jiah）：「腳印」。
11. 含（kâm）·「東西銜仕嘴裡」。
12. 澹澹（tâm-tâm）：「潮濕的樣子」。

自由：人 kap 上帝滾耍笑

有夢，就 bē bái 矣

你偷偷仔點一葩悲傷 ê 火

土地 ê 歌
——台北聽陳明章演唱會

想 bē 到，伊一下轉舌
就將規[1]个土地搬上舞台
繁華冷淡 ê 台北城，竟然
Koh 有溫暖 ê 歌……

我 ê 汗，直直流
淹過感動 ê 目墘[2]
鹹鹹 ê 滋味，變做一種刺疼
疼入記持[3]，上深 ê 所在
其實，是無啥物代誌
只是想 beh 流目屎

歡喜了後，是見笑[4]
想 bē 到伊 ê 吉他 tsiah-nī[5] 利
Hōo 我埋 tī 故鄉思念 ê 傷痕
Koh 流血啊——無要緊
就恬恬[6] 流做一條溪河
滋養一粒流浪焦脯[7] ê 心

見笑了後，又 koh 是歡喜
歡喜我 koh 有淡薄仔目屎
歡喜有人 tsiah-nī 出力，ka 母親 ê 話

釘根 tī 土地，歡喜阿公阿媽 ê 故事
點著一葩 [8] 稀微 [9] ê 燈火，溫暖
每一个出外人 ê 心肝，tī 這个
繁華冷淡 ê 城市

伊 ê 喙鬚 [10] kap 笑容
Tuè [11] 音樂自在搖搖擺擺
搖擺出，一陣一陣 ê 花芳
台頂台跤，做伙搬演
一齣熱情 ê 戲，這是
生命 ê 節奏，土地 ê 歌……

註解：

1. 規（kui）：「整個、全部」。
2. 目墘（ba̍k-kînn）：「眼眶」。
3. 記持（kì-tî）：「記憶」。
4. 見笑（kiàn-siàu）：「羞恥、害羞」。
5. tsiah-nī：遮爾，「這麼」。
6. 恬恬（tiām-tiām）：「靜靜」。
7. 焦脯（ta-póo）：「乾瘪」。
8. 一葩（tsit pha）：「一盞」。
9. 稀微（hi-bî）：「寂寞、寂寥」。
10. 喙鬚（tshuì-tshiu）：「鬍鬚」。
11. tuè：綴，「跟著」。

月娘唱一首無聲 ê 歌
千萬肢歡喜 ê 手喝咻
目屎，變做吵鬧世間嘻嘩

太平洋勝訴

夭壽！謀殺海岸了後
Koh 用美麗之名，控告大海
這是啥物碗糕？
啥物癲膏爛癢[1] ê 豬狗精牲[2]
背骨失德是一斤偌濟[3] 錢？

早起 ê 日頭
用都蘭山 ê 氣力
雄雄[4] kā 伊搧一下喙 phé[5]：
Tu̍h-lān[6]、tu̍h-lān、tu̍h-lān……

人，是海水做 ê
有啥物面皮控告大海
Kám 毋知，目屎是鹹 ê
血，嘛鹹 ê
連精牲攏知
你上訴 ê 目 nih[7] 就是敗訴
天公啥物時陣 teh 行法院？

豬狗，嘛知
大海，是咱老母 ê 腹肚
你又 koh 是啥物

啥物夭壽死囡仔
飼貓鼠咬布袋

連序大人，就 kā 伊 BOT
你毋是豬狗精牲不如 ê 碗糕
抑無是啥物？
啥物癩膏爛癆
烏心 ê　車輪牌……

註解：

美麗灣渡假村建案，2014/10/29 高雄地方法院判決
台東縣政府 kap 公司敗訴，環評撤銷。

___

1. 癩膏爛癆（thái-ko-nuā-lô）：「污穢骯髒」。
2. 精牲（tsing-senn）：「畜生」。
3. 偌濟（juā-tsē）：「多少」。
4. 雄雄（hiông-hiông）：「突然、一時之間」。
5. 搧喙 phé（siàn-tshuì-phé）：「打嘴巴」。
6. túh-lān：挵羼，「以尖銳物刺生殖器，引申為討
   厭之意」。
7　nih‧瞴，「眨眼」。
——《台文戰線》38 號 /2015/4

曠闊 ê，是我少年 ê 心
你 ê 目神，一片溫柔大海
愛一首詩，甘願浮浮沉沉

台灣

大大細細 ê 工廠，吐煙
大大細細 ê 廟，吐煙
每一間厝大大細細 ê 金爐，吐煙
中秋，大大細細 ê 烘爐，吐煙

島嶼若 beh[1] 自殺
神嘛無法度解救

我 ê 目睭，吐煙
我 ê 靈魂，吐煙
無奈 ê　絕望 ê

海，一直 teh 哭
大大細細 ê 波浪
Ê 哀聲……

註解：

1. beh：欲，「想要」。
　　——《台文戰線》39 號 /2015/7

永遠 ê 島嶼
——寫 hōo 98 歲 ê 革命家史明

島嶼，是咱 ê 島嶼
獨裁專制 ê 鬼魂
若 koh tī 天頂
聳鬚[1]，革命
永遠，就是進行式

島嶼，是世界 ê 島嶼
開闊 ê 太平洋
是母親 ê 雙手
溫暖懷抱
美麗 ê 夢想
船，就 beh 出航
Tī 天 kap 天 ê 交接
愛 kap 海 ê 心相黏

島嶼，是島嶼 ê 島嶼
你用規[2]世人 ê 青春 kap 性命
寫一首詩，獨立
寂寞 ê 海岸
山 ê 跤步，海 ê 節奏
歷史，一點一滴
目屎，永遠

有土地 ê 清芳

島嶼，是啥人 ê 島嶼
時間，濛濛渺渺
Tī 白霧當中，躊躇 ³
上天，恬恬 ⁴
擎 ⁵ 開一蕊
金金 ê 目睭

島嶼，是我 ê 島嶼
你沉重 ê 輪椅
是我勇壯 ê 戰車
替風風雨雨 ê 未來
鋪展一條，康　莊　大　路
島嶼，是永遠 ê 島嶼
有人聽著海湧，遠遠
安靜 ê 歌聲……

註解：

史明，1918 年出世，革命家，規世人用所有 ê 氣力
投入台灣獨立運動。《台灣人四百年史》，是伊上有
名 ê 著作。

1. 聳鬚（tshàng-tshiu）：「囂張」。
2. 規（kui）：「整個、全部」。
3. 躊躇（tiû-tû）：「猶豫」。
4. 恬恬（tiām-tiām）：「靜靜」。
5. 擘（peh）：「打開」。
——收錄《史明的禮物》/2016/11
——《台灣時報》副刊 /2015/11/4

奸商

一粒破相 ê 心
無論按怎用錢美容
嘛無法度掩崁 [1]
惡毒 ê 蛇斑……

狐狸 ê 尾溜
對神明桌跤 sô[2] 出來矣
偷偷仔，暗笑：

總算寄付 [3] 所有 ê 財產
伊嘛得 bē 著
佛祖　一滴
目屎

油落落，垃圾
癩哥 [4] ê 雙手……

註解：

頂新集團，烏心製油事件，董事長魏應充 tī
2014/10/17 召開記者會，宣布寄付 30 億台票，beh
成做「食安基金」，這時，法院嘛宣布 beh kā 伊扣押。

1. 掩崁（am-khàm）：「隱藏、遮掩」。
2. sô：「爬」。
3. 寄付（kià-hù）：「捐款」。
4. 癩哥（thái-ko）：「骯髒」。
—《台江台語文學》19 期 /2016/8

免插 [1] 伊
——寫 hōo 溪州庄 ê 稻仔

免插伊，遮 [2] ê 肝遮 ê 腱
土地，永遠會記得
伊 ê 惡形惡狀
人 teh 做，天 teh 看
公義，是天地上溫暖 ê 靠山

免插伊，遮 ê 肝遮 ê 腱
歷史，永遠會徛 [3] tī
公義 hit 一 pîng [4]，伊搶走 ê
是水，搶 bē 走你種 tī 塗跤 [5] ê
尊嚴　kap 意志

免插伊，遮 ê 肝遮 ê 腱
毋 bat [6] 看過 tsiah-nī [7] 夭壽 ê 怪手
用 hit 款恥笑 ê 面腔，teh 挖祖先
ê 根，伊 ê 惡伊 ê 孽
攏會記 tī 天公伯仔 ê 數簿

免插伊，遮 ê 肝遮 ê 腱
濁水溪永遠會記得
你飽穗內面 ê 謙卑　kap 樸實
莿仔埤嘛永遠會記得

滴 tī 樸實土地內面 ê 血汗
Kap 愛戀

免插伊，遮 ê 肝遮 ê 腱
伊 ê 糟蹋，永遠濟 bē 過我 ê 鼎灶
Ê 感恩，假使有一工
田水若焦[8] 去，濟濟 ê 目屎
會做伙踅[9] 過受氣 ê 鋤頭，慢慢
流去你身邊

啊！遮 ê 肝遮 ê 腱
免插伊，因為
灶跤 ê 菜刀，已經規腹肚火
恬恬[10] 徛 tī 砧[12]　面頂……

註解：

「中科四期」工程 tī 彰化引起真大風波，除了二林
相思寮強徵農地事件以外，beh koh 強制截取溪州鄉
莿仔埤圳 ê 水，成做面板工廠用水，如今（2012/5）
廠商已經確定無 beh 設立，毋過取水工程卻猶原 teh
進行！看著詩人吳晟拖老命 tshuā 鄉民 teh 抗爭，濟
濟藝文工作者嘛跳出來贊聲，koh 看著老詩人 ê 查某
囝吳音寧，因此 hōo 廠商提出告訴，毋甘、憤怒之外，
寫一首詩鬥跤手，為濁水溪、為農民、也為著咱彰化
土地。

---

1. 插（tshap）：「理會、干涉」。
2. 遮（tsia）：「這些」。
3. 徛（khiā）：「站立」。
4. pîng：爿，「邊」。
5. 塗跤（thôo-kha）：「地面、地上」。
6. 毋 bat（m̄-bat）：毋捌，「不曾」。
7. tsiah-nī：遮爾，「這麼」。
8. 焦（ta）：「乾枯」。
9. 踅（se̍h）：「繞行、盤旋」。
10. 恬恬（tiām-tiām）：「靜靜」。
11. 砧（tiam）：「砧板」。

——《聯合文學》34 期 /2012/8

吱蟬 ê 歌聲
——懷念環保弘法師粘錫麟

吱蟬 ê 歌聲,召喚熱天

已經千萬年矣

毋知 beh 按怎講起

咱這座島嶼 ê 美麗　kap 哀愁

你骨力[1] ê 雙跤

一直行 tī 時代 ê 頭前

一粒疼惜 ê 心,燒滾滾

若親像早起 ê 日頭

照著山林,照著河海

照著一點一滴

漸漸消失 ê 家鄉　kap 田園

吱蟬 ê 歌聲,召喚鹿港 ê 厝瓦

是台語 ê 喔,你講

老母 ê 話,土地 ê 愛

是全世界上婿[2] ê 音樂

就按呢,這粒坦敧[3] ê 地球

才會照三頓轉踅[4]

毋知 beh 向啥人問起

咱這塊土地 ê 曠闊　kap 苦難

你樸實 ê 手,是溫暖 ê 搖籃

勻勻仔 teh 搖,島嶼千萬年 ê 美夢

你講,正港 ê 弱勢者毋是人

是 bē 曉講人話 ê 樹木　kap 動物
吱蟬 ê 歌聲，叫 kah 時間攏老矣
你猶原扛一支　綠色 ê 十字架
孤單行 tī　坎坷偏僻 ê 小路
世間公義，才是佛祖
心 khǹg⁵ 著 pîng⁶，就毋驚艱苦
我看著你，用無怨無恨 ê 性命
一點一滴，一點一滴
渡濟所有人 ê 罪惡　kap 業障
啊！毋知 beh 對 toh 想起
咱這个國家 ê 過去　kap 未來
吱蟬 ê 叫聲，永遠唱 bē 煞 ⁷
親像台灣海峽 ê 水湧
一波一波，輕輕仔 teh 拍
你赤跤行過 ê　無人海岸⋯⋯

註解:

粘錫麟（1939-2013），彰化縣鹿港人。「綠色主張工作室」負責人。自 1986 年投入家鄉「反杜邦」運動，到今年（2013）4 月中風破病，27 年來，「全職」徹底獻身環保運動，身份證職業欄內面，伊堅定 kā 填「環保弘法師」，陳玉峰教授講伊是台灣環運史上第一人，目前揣無第二人。伊一生 ê 信仰是「社會公義」，過身前吩咐免任何宗教儀式，「報廢」ê 遺體就捐 hōo 學術病院「回收」。7/4 朋友為伊舉辦台灣歌謠會了後，8/7 往生。

---

1. 骨力（kut-la̍t）：「勤勞」。
2. 上媠（siōng suí）：「最漂亮」。
3. 坦敧（thán-khi）：「傾斜」。
4. 轉踅（tńg-se̍h）：「旋轉」。
5. khǹg：囥，「放」。
6. 著 pîng（tio̍h-pîng）：著爿，「對的一邊」。
7. 煞（suah）：「結束」。

—— 《台文戰線》34 號 /2014/4

初秋，微光
——寫 hōo 天頂 ê 陳冠學先生

一粒草露，tī 透早 ê 喙舌 [1]
微微振動 [2]，秋天
初初 ê 淒涼，就對遮恬恬 [3] 仔開始
金金 ê 目睭，有昨暗 ê 天星　閃爍 [4]

北大武山山跤，一枝勇健迷人 ê 筆
親像牛仝款，按怎骨力 [5] 按怎堅持
一坵拋荒 [6] ê 田園，按怎恬靜
按怎 bih 藏 [7]，又 koh 是按怎孤單
會使自在那行那吟唱，紛擾 ê 世界
是講　嘛遍地開花……

山，早已經毋是山；貼 tī 窗仔前
一片心靈 ê 風景，胸坎仔內
攏看現現，遙想梭羅隱居 ê 湖邊
一對無相借問 ê 跤跡
有時 gāng-gāng [8] teh 看，上天 ê 猜疑
突然間，一陣強猛 ê 西北雨
就 hōo 伊隨變做水面　悠哉 ê 魚

山，猶原是山；頂天立地了後
竟然謙卑 kah　變成一棟

低低 ê 磚仔厝，若魚鱗 ê 瓦
犁頭，恬恬 teh 拍拚
Kā 風霜斑白 ê 歲月　梳頭鬃
啥人 koh 會記得，氣節理路之間
浮浮沉沉 ê 優雅母語？
Hit 支厝樑，是血脈摰流[9] ê 目眉
錯愕 ê 時代，猶原攑頭[10] 擔起
隱藏驕傲 ê 身骨，關於千古文章
關於腐敗漚爛[11]，以及不朽身名……

你恬恬無講話。轉眼之間
金黃色 ê 粟穀[12]　已經鋪滿了稻埕
激情，曝焦[13] 矣
智慧，結晶；風 teh 講，世間所有吵鬧
攏隨化做牆圍仔邊 hit 欉[14]　老榕仔樹 ê 喙鬚[15]
微微仔，微微仔 teh 笑；若親像新埤 ê 水
慢慢流過，滄桑翠青 ê 田園……

田園，kap 咱 ê 島嶼
做伙秋天矣。食老毋成樣[16]
關於土地 ê 故事，我總是親像
一粒 gāng-gāng 驚惶[17] ê 草露，按怎目箍[18] 紅紅

咿咿喔喔學講話，按怎收成
又 koh 按怎暗示，落葉霜凍了後
季節，猶原有塗肉 ê 清芳

註解：

陳冠學（1934-2011），屏東縣新埤鄉人。是一个有格ê文學家，一生輕視虛華kap名利，久長以來攏隱居田園，專心創作寫冊。伊ê散文作品《田園之秋》，會當kap美國作家梭羅ê《湖濱散記》比並[19]，是咱台灣文學ê上經典ê冊。

---

1. 喙舌（tshuì-tsih）：「舌頭」。
2. 振動（tín-tāng）：「移動」。
3. 恬恬（tiām-tiām）：「靜靜」。
4. 閃爍（siám-sih）：「光線明滅的樣子」。
5. 骨力（kut-lat）：「勤勞」。
6. 拋荒（pha-hng）：「田地任其荒廢」。
7. bih藏：覕藏，「躲藏」。
8. gāng-gāng：愣愣，「出神發呆」。
9. 掣流（tshuah-lâu）：「急流」。
10. 攑頭（giah-thâu）：「抬頭」。
11. 漚爛（àu-nuā）：「腐爛」。
12. 粟榖（tshik-kok）：「稻穀」。
13. 曝焦（phak ta）：「曬乾」。
14. 欉（tsâng）：計算植株的單位。
15. 喙鬚（tshuì-tshiu）：「鬍鬚」。
16. 毋成樣（m̄-tsiânn-iūnn）：「不像樣」。
17. 驚惶（kiann-hiânn）：「驚恐、害怕」。
18. 目箍（bak-khoo）：「眼眶」。
19. 比並（pí-phīng）：「媲美」。
　　——2015 大武山文學獎華語新詩首獎 / 改寫

124　月光

Bē 記得春天 ê 故事
詩，是蓮花化身
倒 tī 時間搖籃裡，金金看

刻骨 ê 傷痕
——記念九二一大地動

Hōo 厝壁石柱 teh¹ 扁 ê 魂魄
毋知 koh 會疼無？

必痕 ² ê 記持 ³，猶原輕輕地動
Koh 有一寡仔火子，一寡仔崩山
一寡仔目屎 kap 血滴，hit 暝
千千萬萬驚惶 ⁴ ê 眼神，這 má⁵
毋知有 khah 好落眠無？

無情 ê 時間，總嘛有淡薄仔
情意，一寸一寸，抹平
刻骨 ê 傷痕，毋過傷痕
永遠是傷痕，tī 每一个
有月娘 ê 暗暝，就開始 koh 地動

窗外，無毋著，是全款 ê 秋天
桂花美麗 ê 面容，猶原
有一寡仔青驚，bih⁶ tī 牆圍仔邊
偷偷仔清芳，伊輕輕 teh 問
十五冬前 ê 島嶼
毋知 koh 會疼無？

無張持[7]，天頂一時雷公爍爁[8]

有人 ê 窗內，紲來[9]

悽慘落魄 ê 大雨……

註解：

1. teh：咧，「壓」。
2. 必痕（pit-hûn）：「裂痕」。
3. 記持（kì-tî）：「記憶」。
4. 驚惶（kiann-hiânn）：「驚恐、害怕」。
5. 這 má：這馬，「現在」。
6. bih：覕，「躲藏」。
7. 無張持（bô-tiunn-tî）：「不小心」。
8. 爍爁（sih-nah）：「閃電」。
9. 紲來（suà-lâi）；「再來，接著」。

天搖地動，我 suah 揣無家己
形影，詩 kap 靈魂走散去
缺角 ê 月娘，嘛是一種完滿

受氣 ê 巷仔

你這 má[1] 烘 ê 　 kám 是肉？
你 ê 心肝已經臭火焦[2] 矣
你 ê 肺嘛 teh puh 波[3]
狼狗之間 ê 差別又 koh tī toh 位？
恁爸想 beh 問你
你娘 khah 好吵 kah 三更半暝五四三了後
Kám 真正你娘有 khah 好？
是講，你烘 ê 　 kám 是肉？
Kám 毋是搵[4] 著屎 ê 夢想
一條腸仔直直 thàng[5] 到尻川[6]
你 suah kā 祖先 ê 向望[7]
提來插雞尾椎，koh 咧數想
大同仔 kap 香菇，按呢
日子哪會大同？性命哪會芳？
你這 má 烘 ê 　 kám 是肉？
斟酌[8] 看，你 ê 靈魂已經流湯矣
你 ê 序細[9] 強 beh
行 tuè[10] 你臭頭爛耳 ê 路途
我是一條吞忍二三十冬，衝[11] 煙
烏 sô-sô[12] ê 氣管

註解：

1. 這 má：這馬，「現在」。
2. 臭火焦（tshàu-hué-ta）：「燒焦」。
3. puh 波：發波，「冒泡」。
4. 搵（ùn）：「蘸」。
5. thàng：迵，「通往」。
6. 尻川（kha-tshng）：「屁股」。
7. 向望（ǹg-bāng）：「希望」。
8. 斟酌（tsim-tsiok）：「注意」。
9. 序細（sī-sè）：「後輩」。
10. tuè：綴，「跟著」。
11. 衝（tshìng）煙：「冒煙」。
12. 烏 sô-sô（oo-sô-sô）：烏趖趖，「很黑的樣子」。

半樓仔內面

Bih 一隻老靈魂

這陣開花，kám 好？

春天猶未來相辭

Hit 蕊日頭花
Tī 幼軟 ê 風中
講 beh 招寒冬，跳一 tè 舞 [1]
規 [2] 世人 ê 夢想
化做燦爛 ê 笑容
Tī 跤步之間，轉踅 [3]
一片肥底曠闊 ê 土地
Suah bē 記得家己 ê 苦難
這是島嶼　祖國　家鄉
Hit 首多情 ê 詩
沓沓仔 [4] 寫出海 ê 寂寞
筆尖，永遠 bē 孤單
規个風中，攏是
花 ê 芳味，kap 志氣
數念 [5] 母語，溫暖 ê 節奏
想 beh 學天星
點一蕊 [6] 自在 ê 火
照光歷史坎坷
烏暗 ê 小路
性命定著
愛 puh 出尊嚴 ê 穎 [7]
Hit 个美麗 ê 春天

猶未來相辭

無疑悟[8]，風

Suah bē 記得喘氣

Tshun[9] 一蕊 gāng-gāng[10] ê 目睭

心悶你

Hit 段恬靜

堅心 ê 旋律

Kap 稀微[11]……

註解：

長期為咱台語文拍拚 ê 廖瑞銘教授，佇 2016/1/4 破病過往，用詩記念伊，kap 伊 ê 用心。

1. 一 tè 舞（tsit tè bú）：「一支舞」。
2. 規（kui）：「整個、全部」。
3. 轉踅（tńg-sėh）：「旋轉」。
4. 沓沓仔（tàuh-táuh-á）：「慢慢地」。
5. 數（siàu）念：「思念」。
6. 一葩（tsit pha）：「一盞」。
7. puh 穎（puh-ínn）：發穎，「發芽」。
8. 無疑悟（bô-gî-gōo）：「想不到」。
9. tshun：賰，「剩下」。
10. gāng-gāng：愣愣，「出神發呆」。
11. 稀微（hi-bî）：「寂寞、寂寥」。

── 收入《猶原 tėh 笑》/ 李江却台語文教基金會
/2016/4

規世人，攏 teh 等天光
枝離身爛，一葉一葉 ê 青春夢
是無你 ê 暗暝

看！

胸坎仔 ê 銃¹ 空　金金
時代 ê 目瞤
有志氣無志氣，無關係
是悲劇毋是悲劇
抑是偉大

單純是一種相看 ê 角度
我親像目屎 ê 島嶼 ê 哀傷……

紅色。

註解：

二二八進前，目瞤又 koh 家己浮出一張相片：畫家陳
澄波 ê 胸坎仔死目毋瞌² ê 銃空。

---

1. 銃（tshìng）：「槍」。
2. 瞌（kheh）：「閉合」。
　　——《台文戰線》45 號 /2017/1

風也知影
——寫 hōo 枉死 ê 阿河

雄雄¹，摔落來島嶼
一粒，天大地大 ê
疼心

圓滾滾 ê 目屎
肝腸寸斷，嘛無願意
消溶　　離散
Tī 上帝 ê 面容頂頭，綿爛²
流做一條白色 ê 溪河

天星，tī 水面閃爍³
毋甘，風也知影
偷偷仔，向天地
講一段曠闊
遠遠 ê 故事……

註解：

台中天馬牧場飼 ê 一隻非洲河馬，古錐 kah 人攏叫伊
「阿河」，進前因為搬徒無小心，連紲重捽兩擺，胸
坎受內傷，suah 枉死。

---

1. 雄雄（hiông-hiông）：「突然、一時之間」。
2. 綿爛（mî-nuā）：「堅持」。
3. 閃爍（siám-sih）：「光明滅不定」。

恁老師 khah 好咧，閩南語

台語→台灣閩南語→閩南語
台語強 beh 無去
台灣，已經無去
閩南語，根本就無

歷史，kā 阮講[1]
講一句，罰一箍
我嘛 beh kā 歷史講
罰一箍，你就欠恁爸一世人

台語→台灣閩南語→閩南語
→？
乎！勾起來矣？！
恁老師 khah 好咧，遮 ê 猴囝仔
Tī 學校若揣[2] 無台語
恁祖媽就用目睭
Kā 你睨[3] kah hōo 你褲跤流湯出汁

恁老師 khah 好咧
台灣，是偌 bái[4]
用奶水 kap 目屎
晟養你規世人 ê 老母

愛 koh hōo 你罰一箍乎?

天龍國,根本無龍
Hit 尾是惡魔變 ê 蟲
蟲講話,koh 叫你認賊做老爸
恁老師 khah 好咧
這毋是死阿六仔[5],抑無
Kám 是 hit 隻落屎馬?

台語→台灣閩南語→閩南語
→?→北京語
穿紅衫 ê 牛牽到北京嘛是牛
戀[6] 老百姓,你真是 tsiah-nī[7] 牛
Kám 無想 beh 徛[8] 起來
做一个有尊嚴 ê 人?

註解：

彰化縣政府對 2004 年開始辦理「台語文學創作比賽」
到今仔日已經十冬矣，其中經過國、民兩黨執政，兩
个無仝黨籍 ê 縣長攏尊重「台語」名號 ê 歷史背景，
想 bē 到今年（2014）suah kā 伊改做「閩南語文學
創作比賽」。Hōo 人想起咱教育部，這幾冬官方用
詞 kā「台語」改做「台灣閩南語」，後來 koh 改做「閩
南語」，慢慢「去台灣化」ê 操作，可能嘛 tī 私底下
進行，真正使人擔心驚惶。「閩」，內面一尾惡蟲，
慢慢 sô⁹ 出來矣……

---

1. kā 阮講：共阮講，「跟我們講」。
2. 揣（tshuē）：「尋找」。
3. 睨（gîn）：「瞪眼」。
4. bái：「醜」。
5. 阿六仔（a-la̍k-á）：「指急欲併吞台灣的獨裁中」。
6. 戇（gōng）：「憨傻」。
7. tsiah-nī：遮爾，「這麼」。
8. 徛（khiā）：「站立」。
9. sô：趖，「爬」。

——《台文戰線》41 號 /2016/1

骨氣
——哀念228事件

這擺，雨落 kah 有夠食力 [1]
六十五冬 ê 花開花謝
所有 ê 冤屈，嘛堅持開做
妖嬌百花，koh 一擺梳妝打扮
春天 ê 美麗　kap 哀愁

無願意飄散 ê 魂魄
就為著繼續溫暖
歷史 ê 暗暝
失去溫度 ê 身軀 kap 愛情
一个無聲無夢 ê 世界
只有澹澹 [2] ê 夜露
Gāng-gāng [3]，照著天星　閃爍 [4]……

愛，雖罔講 bē 定著
毋過花芳內面一定是有
伊 ê 影跡，我 ê 孤單
猶原 beh 行向山林
Tī 這个落雨 ê 春天

Tī 這个落雨 ê 春天
我徛 [5] 做一欉 [6] 傷心 ê 樹仔

猶未 puh 穎 [7] ê 手枝
跟 tuè [8] 白色 ê 濛霧，tī 風中
走揣 [9] 一寡仔　硬頸 ê 骨氣⋯⋯

註解：

1. 食力（tsiáh-lát）：「用力、費力」。
2. 澹澹（tâm-tâm）：「濕潤的樣子」。
3. gāng-gāng：愣愣，「發呆出神」。
4. 閃爍（siám-sih）：「光明滅不定」。
5. 徛（khiā）：「站立」。
6. 欉（tsâng）：計算植株的單位。
7. puh 穎（puh-ínn）：「發芽」。
8. tuè：綴，「跟著」。
9. 揣（tshuē）：「找尋」。

——《台文戰線》45 號 /2017/1

稀微 ê 光，漂浪 ê 夢
愛，就算瘦 kah tshun 一支骨
嘛 beh 綿爛 kā 你照路

傷心老母
——寫 tī 母語 hōo「課綱」強姦了後

母語,攑手[1]
向上天,提問:
這个世界 kám 無生耳空[2]?
抑無,哪會 bē 使[3] 講話?

這工,夭壽無簡單
伊 tuè 著[4] 希望 ê 厝囝[5]
ê 跤跡,行入去開闊 ê 校園
想講,beh 光明正大
Peh 起哩[6] 烏枋[7],suah hōo 人當做賊

做賊喝[8] 掠賊
這啥物變態 ê 世界?
Kan-na[9] 叫一聲阿母 ê 名
就傷害民族感情……

乞食趕走廟公了後
母語,真正變做乞食
每日,行 tī 失神 ê 路邊
有時伸[10] 一肢生滿死肉 ê 手
Kā 放學下課 ê 猴囝仔
討一屑仔[11] 尊嚴

討一支，會使細聲講話 ê 喙 [12]

有時 gāng-gāng [13] 看天
有時，目睭恬恬 [14] teh 流血
伊，是一塊傷心土地
Ê 老母，戀戀 [15] 等待
雲頂 ê 鐘聲……

註解：

「十二年國教新課綱」2014/10/5 定案，教育部違背母語列入國中必修 ê 承諾。

---

1. 攑手（giáh-tshiú）：「舉手」。
2. 耳空（hīnn-khang）：「耳孔、耳朵」。
3. bē 使（bē-sái）：「不可以」。
4. tuè 著：綴著，「跟上」。
5. 屘囝（ban-kiánn）：「家中排行最小的孩子」。
6. peh 起哩（peh-khì-lih）：「爬上去」。
7. 烏枋（oo-pang）：「黑板」。
8. 喝（huah）：「喊」。
9. kan-na：干焦，「只有」。
10. 伸（tshun）：「使肢體或彈性物體變直或變長」。
11. 一屑仔（tsit-sut-á）：「一些些」。
12. 喙（tshuì）：「嘴」。
13. gāng-gāng：愣愣，「發呆出神」。
14. 恬恬（tiām-tiām）：「靜靜」。
15. 戇戇（gōng-gōng）：「憨傻」。

——《台文罔報通訊》255 期 /2015/6

上淒涼 ê 風景
是你拋荒 ê 心
溪水掣流，天堂地獄

Tuè 著¹ 你愛 ê 跤步
——寫 hōo 119 歲 ê 賴和

殖民主義 ê 日頭猶原刺疫²
全款無全師父 ê 罪毒
Koh 流 tī 阮 ê 血汗內，島嶼
一寸一寸　漸漸沉落茫茫大海
和仔先！你 kám 知影？
Tī 這个烏暗 ê 世界
阮揣³ 無祖先　美麗 ê 形影

半 pîng⁴ 稀微⁵ ê 月娘，恬恬⁶ 掛 tī
八卦山頭，阮 gāng-gāng⁷ 看著伊
一點一滴，憂愁做一蕊　彎彎 ê 耳仔
和仔先！你 kám 有聽著？
響 tī 阮心內　溫溫 ê 鼓聲
生鉎⁸ ê 夢想，koh 有一寡仔
燒滾滾 ê 熱情

無張持⁹，天頂一粒懶神 ê 星
擘¹⁰ 開了　目睭，自在 ê 光線
是靈魂 ê 覺悟，愛天　愛地
愛天地之間千千萬萬 ê 歡喜　kap 悲傷
這條拋荒¹¹ ê 路，thàng¹² 到底
又 koh 是啥物款 ê 生命風景？

和仔先！你知影無？
一支秤仔，會當秤出偌濟 [13] 尊嚴
Kap 光榮？

天，teh beh 光矣
毋知是 beh 哭，抑是 beh 笑？
歷史 ê 路途，猶原遙遠
全款無全師父 ê 惡魔
Koh 佔領　良善 ê 心肝
和仔先！你 kám 有看著？
阮 tuè 著你愛 ê 跤步，一步一步
Kap 土地 ê 心跳，向前行
向前行，行到時間 ê 山頂
公義 ê 日頭，是毋是猶原
會 koh 對東 pîng peh [14] 起來咧？和仔先……

註解：

賴和，字號懶雲。醫生作家。逐家稱呼伊「和仔仙」。1894/5/28 tī 彰化出世，1943/1/31 過身。規世人，攏 tī 日本 ê 統治之下。伊悲憫 ê 心胸表現 tī 行醫 kap 文學作品之外，嘛化做實際行動對抗帝國主義強權，所以引來牢獄之災。伊 khah 有名 ê 小說有〈鬥鬧熱〉、〈一桿稱仔〉等等。

1. tuè 著：綴著，「跟上」。
2. 刺疫（tshiah-iàh）：「刺癢」、「厭煩」。
3. 揣（tshuē）：「尋找」。
4. 半 pîng：半爿，「半邊」。
5. 稀微（hi-bî）：「寂寞、寂寥」。
6. 恬恬（tiām-tiām）：「靜靜」。
7. gāng-gāng：愣愣，「發呆出神」。
8. 生鉎（senn-sian）：「生鏽」。
9. 無張持（bô-tiunn-tî）：「不小心」。
10. 擘（peh）：「打開」。
11. 拋荒（pha-hng）：「田地任其荒廢」。
12. thàng：迵，「通往」。
13. 偌濟（juā-tsē）：「多少」。
14. peh：「爬」。

——《台灣時報》副刊 /2013/5/28

凝視
——寫 hōo 丁窈窕

Hit 个年代，傷濟目屎
Tsiah-nī[1] 美麗 ê 青春……

半暝一聲莫名 ê 銃[2]聲
島嶼 ê 夢破碎矣

破碎矣，攏 tī 我 ê 目箍[3]轉踅[4]
轉踅，轉踅
Tsiah-nī 美麗 ê 青春……

幽幽，看著時間
一寸一寸哀愁起來
變成一條長長 ê 河，彎彎流入
深深 ê，深深 ê，心底

Hit 个隨人咒罵 ê 年代……

丁窈窕，台南人，白色恐怖受難者。伊 tshuā 十個月
大漢 ê 查某囝做伙坐監。1956/7/24，臨刑進前，獄
卒 kā 伊胸坎內 ê 囡仔搶走，將伊押去刑場，銃殺。
Hit 工透早，看著這張相片，目箍就澹 [5] 矣，詩嘛流
出來……

---

1. tsiah-nī：遮爾，「這麼」。
2. 銃（tshìng）：「槍」。
3. 目箍（bàk-khoo）：「眼眶」。
4. 轉踅（tńg-sèh）：「旋轉」。
5. 澹（tâm）：「潮濕」。

——《台文筆會年刊》/2016/1

戰場 ê 孤兒

我 kā 媽媽畫 tī 塗跤 [1]
安心，倒 tī 伊 ê 胸坎仔

感謝艱苦來操勞
Hōo 我
真緊就睏去矣

按呢，我就毋驚腹肚枵 [2]
毋驚　炸彈

註解：

網路面頂，看著伊拉克一个查某攝影師 ê 相片，對戰
爭 ê 感觸誠深。

1. 塗跤（thôo-kha）：「地面、地上」。
2. 枵（iau）：「餓」。

知影 Tsai-iánn

月光
拄好
刻骨 ê 傷痕
知影
拋荒 ê 心

永遠唱 bē 煞 ¹ ê 歌聲

金色 ê 麥仔酒內面
當咧漂浮，溫柔 koh 熱情
幼咪咪 ê 白色波浪
這是港邊熱天 ê 歌聲
透心涼 ê 青春
Tī 歌手曖昧 ê 目神
美麗搖擺，愛，滿滿是
手牽手，giú ² 開打狗港
迷濛 ê 暗暝

（狗去豬來，你 kám 知影
狗 koh 會顧門，豬只知食
我才輕輕 tī 心內吠一聲
細細聲啊，起病 ³ ê 海湧就雄雄 ⁴ 淹過
人性 ê 塗岸，水變做血，血變做水
一隻一隻驚惶 ⁵ ê 船，gāng-gāng ⁶
等待天光，tī 寒凍 ê 春夜……）

咖啡 ê 芳味，穿一領嫷嫷 ⁷ ê
新娘衫，有男男女女 ê 嘻嘻嘩嘩
有安安靜靜 ê 溫存 kap 體貼
歌聲，無論是歡喜，抑是傷悲

攏輕輕鬆鬆，飛過每一个人快樂
清閒 ê 心晟 [8]，時間小暫停一下
愛，就忘記得家己 ê 分寸
Kap 姓名

（你 kám 知影，天猶原未光
海水嘛無清，春天春天
哪會 tsiah-nī [9] 寒，烏暗 ê 世界
充滿了莫名 ê 恐怖　kap 疼
銃聲 [10]，一聲一聲，koh tī 水波面頂
跳舞，唱歌，你 kám 知影
正港 ê 傷心，踞 [11] tī 遮……）

碼頭 ê 霓虹，閃閃爍爍 [12]
溫暖 ê 南風吹來，懶懶 ê 節奏
無想 beh koh tī 歌聲內面，安分守己
偷偷仔走去人客 ê 喙舌 [13]，流轉
來來去去 ê 跤步，來來去去
歌，繼續 koh 唱落去，親像酒
揣 [14] 無理由無 beh koh 繼續流落腹腸
聽講，這就是世間 ê 愛

（暝，愈來愈深，港水
愈來愈鹹，你 kám 知影
豬狗不如 ê 性命
嘛有家己 ê 歌，你 kám 知影
啥物款 ê 傷悲永遠唱 bē 煞？
若 koh 有一片冤屈 ê 魂魄無歸所
愛，就失去意義，你 kám 有聽著
六十五冬前，春天，哀怨 ê 船螺
一聲，一聲，koh 一聲……）

註解：

65 冬前，是 1947 年。228 事件 ê 港水，是紅 ê，嘛
是鹹 ê；聽講，是血，kap 目屎。

---

1. 煞（suah）：「結束」。
2. giú：摸，「拉」。
3. 起痟（khí-siáu）：「發瘋」。
4. 雄雄（hiông-hiông）：「突然、一時之間」。
5. 驚惶（kiann-hiânn）：「驚恐、害怕」。
6. gāng-gāng：愣愣，「發呆出神」。
7. 媠媠（suí-suí）：「漂亮美麗」。
8. 心晟（sim-tshiânn）：「心情」。
9. tsiah-nī：遮爾，「這麼」。
10. 銃聲（tshìng-siann）：「槍聲」。
11. 蹛（tuà）：「住」。
12. 閃爍（siám-sih）：「光明滅不定」。
13. 喙舌（tshuì-tsih）：「舌頭」。
14. 揣（tshuē）：「尋找」。

——2012 打狗鳳邑文學獎 / 台語新詩優選

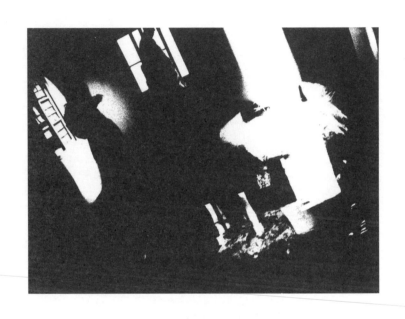

目屎是鹹 ê

無名無姓，目屎是鹹 ê

無聲無說，目屎是鹹 ê……

安平，平安

1. 古堡

是啥物款 ê 雨落 bē 停
歷史 ê 砲火猶原 tī 耳空 [1] 迴響
想 bē 到時間，suah kā 伊
變做一種溫暖，溫暖磚石樓窗
溫暖你眺望出去 hit 个海
若天星閃爍 [2]

是啥物款 ê 思念吹 bē 散
澹澹 [3] ê 目神，只是稀微 [4] ê 祈禱
安平，平安
盤過一堵美麗 ê 殘壁
愛情，猶原是我永遠 ê 王城

2. 洋行

平安,安平
是啥物款 ê 思念吹 bē 散
今夜,我 beh 用一杯德國麥仔
向月娘提問:愛情,一斤偌濟[5]?
Tī 上帝 ê 囊袋仔[6] 內面
又 koh 做啥物買賣?

是啥物款 ê 風上溫柔
暫時靠岸 ê 船放棄飄浪
思念生跤,歡喜合唱土地之歌
一軀[7] 妖嬌 ê 洋裝,嘛甘心 hōo 風
吹做你長長 ê 頭鬃

3. 劍獅

是啥物款 ê 風上溫柔
安平，平安
四百年前 ê 海湧 koh tī 街頭巷尾
走 tsông[8]，揣[9] 無厝 ê 囡仔
面色青驚 ê 鹽，攏 bih[10] 入去家家戶戶
好心 ê 飯碗，年年月月⋯⋯

是啥物款 ê 愛 bē 退色
Hit 工，攑[11] 一支劍斬斷妖魔鬼怪
斬 bē 斷 ê 情絲 suah 牽藤，聽講
愛，有千千萬萬 ê 面容
我是前世今生守護你 ê 魂魄
一蕊鹹鹹 ê 目睭

4. 追想曲

是啥物款 ê 愛 bē 退色
蒼天嘛毋知一條歌有偌濟目屎
歷史 ê 滄桑，有時若像美妙 ê 琴聲
無緣 ê 旋律，迷醉 ê 舞步
遙想船頭 hit 个金小姐；有時
恬恬 [12] 無聲

又 koh 是啥物款 ê 歌聲知影阮心事
落雨 hit 暝，我牽你 ê 手
愛情 ê 帆，suah 愈行愈遠
愈遠……tshun [13] 倚 [14] tī 目墘 [15]
捶 [16] 心 ê 祝福：
平安，安平

註解：

1. 耳空（hīnn-khang）：「耳孔、耳朵」。
2. 閃爍（siám-sih）：「光明滅不定」。
3. 澹澹（tâm-tâm）：「潮濕的樣子」。
4. 稀微（hi-bî）：「寂寞、寂寥」。
5. 偌濟（juā-tsē）：「多少」。
6. 橐袋仔（lak-tē-á）：橐袋仔，「口袋」。
7. 一軀（tsit su）：「一件、一套」。
8. tsông：傱，「奔跑」。
9. 揣（tshuē）：「尋找」。
10. bih：覕，「躲」。
11. 攑（giah）：「舉、拿」。
12. 恬恬（tiām-tiām）：「靜靜」。
13. tshun：賰，「剩下」。
14. 徛（khiā）：「站立」。
15. 目墘（bak-kînn）：「眼眶」。
16. 捶（tuî）：「打」。

――2014台南文學獎／台語新詩首獎

夢，無影無跡
Hit 時 ê 約束，若風 teh 吹
雨傘，雨　散

你 ê 面是一坵拋荒 [1] ê 田
——寫 hōo 阮蹛 [2] 院 ê 老爸

麻藥退了後

藏 tī 心肝底 ê　記持 [3]

Suah 對目墭 [4]，直直 tsông [5] 出來

一路 kā 你追殺

惡夢，koh 徛 [6] tī 額頭

Teh 偷笑，原本焦涸涸 [7] ê

圳溝，小可仔 [8] 澹 [9] 濕

毋過，hit 隻老鐵牛

已經拖 bē 振動 [10]

春天 ê　向望 [11]

向望 ê 春天來矣

伊毋知，你 ê 世界

早就無暝無日

日光燈，毋是

Bē 記得落山 ê 日頭

是眾神，冷冷 ê　目睭

你 ê 目睭，gāng-gāng [12]

Kap 伊 teh 相相 [13]，我知影

你 ê 憢疑 [14]，koh 真清醒：

明明猶未播稻仔，各種痠痛

是按怎，攏種 tī 身軀？

身軀，teh puh 芽
逐條，頭殼消毒過 ê 管線
親像聳鬚 [15] ê 蛇，一尾一尾
Sô [16] 入去，前世今生 ê
厝兜，你 kám 是看著家己
生份 [17] ê 面容……

我 ê 面容，嘛是一塊生份 ê 鏡
恬恬 [18] 掛 tī，加護病房 ê 壁頂
照著家己，悲歡愛恨 ê 來時路
你 ê 心跳你 ê 血壓你 ê 喘氣
攏變做，無情 ê 電腦數字
起起　落落
佔領，性命股市 ê 大盤
你知影，我無想 beh kap 天公伯仔
對跂 [19]，毋過，玻璃 suah 一直起霧
熟似 ê 濛霧……

濛霧，沓沓仔 [20] 淹過
囡仔時陣 ê 田園

細漢，hit 隻衝碰 [21] 斷線 ê 風吹
Koh 倒 tī 塗跤，起笑撈 [22]
啊，你規世人 ê 青春
攏總 teh 注 [23] tī 遮，無怨無恨
是 beh 按怎講起，才 bē
傷過沉重

沉重 ê，毋是你
大空細裂 ê 身軀
是我，beh 翻身 ê 目神
以早懵懂 ê 目屎，早就透濫 [24]
你骨力 [25] ê 沁汗，埋 tī 記持
上深上深 ê 所在

時機無好，園貨歹收……
你講。歲月，拋荒 kah 揣 [26] 無
轉去厝 ê 小路，此時此刻
我 ê 傷心，才發覺
春天興旺 ê 雜草，結出
寒冬 ê 霜雪，雄雄 [27]
淡 [28] 過，你滿面風霜 ê 皺紋

Kap　驚惶 [29]……

註解：

1. 拋荒（pha-hng）：「田地任其荒廢」。
2. 蹛（tuà）：「住」。
3. 記持（kì-tî）：「記憶」。
4. 目墘（bàk-kînn）：「眼眶」。
5. tsông：傱，「奔跑」。
6. 徛（khiā）：「站立」。
7. 焦涸涸（ta-khok-khok）：「很乾的樣子」。
8. 小可仔（sió-khuá-á）：「稍微、些微、少許」。
9. 澹（tâm）：「潮濕」。
10. 振動（tín-tāng）：「移動」。
11. 向望（ǹg-bāng）：「希望」。
12. gāng-gāng：愣愣，「發呆」。
13. 相相（sio-siòng）：「相看」。
14. 憢疑（giâu-gî）：「懷疑」。
15. 聳鬚（tshàng-tshiu）：「囂張」。
16. sô：趖，「爬行」。
17. 生份（senn-hūn）：「陌生」。
18. 恬恬（tiām-tiām）：「靜靜」。
19. 跋（puàh）：「賭」。
20. 沓沓仔（tàuh-tàuh-á）：「慢慢地」。
21. 衝碰（tshóng-pōng）：「衝動」。
22. 起筊攄（khí-kiáu-lu）：「賭輸心不甘的樣子」。
23. teh 注（teh-tù）：晢注，「賭注」。
24. 透濫（thàu-lām）：「摻雜」。
25. 骨力（kut-làt）：「勤勞」。
26. 揣（tshuē）：「尋找」。
27. 雄雄（hiông-hiông）：「突然、一時之間」。
28. 湠（thuànn）：「蔓延」。
29. 驚惶（kiann-hiânn）：「驚恐、害怕」。

——2015 年教育部台灣閩客語文學獎 / 社會組 / 新詩首獎

夜景

我 ê 心你 ê 躊躇[1]，順 tuè[2]
一條叫做愛 ê 天河，peh 起哩[3]
性命 ê 高樓，第八十五層 ê 熱天
無張持[4]，笑出一片美麗 ê 夜景
有緣無緣，攏是意外 ê 人生
親像白雲，有心無心嘛綿爛[5]
Tī 天頂，不管日時暗暝
堅持展開一蕊一蕊 ê 情花
這是一種屈勢 kap 尊嚴
有聊無聊無要緊，人爽就好
有人講我三八，罵我無站節[6]
嘛隨在伊，穿西米羅[7] ê
無一定 khah 高尚，笑容
是上嚴肅 ê 目睭，不時金金
Teh 相[8]，人生海海，海海人生
世間本來就講 bē 定著，浮浮沉沉
徛[9] tī 眼前一支一支 ê 厝樓
Kám 毋是佛祖？閃爍[10] tī 黑暗街路
一葩[11]一葩 ê 燈火，啥人敢講毋是耶穌？
我 ê 躊躇你 ê 情，hit 工
目一下 nih[12]，竟然做伙埋葬
Tī 這个燦爛 ê 城市，落花紛紛

港都浪漫 ê 夜景，毋知傷悲
一枝無常 ê 筆，輕輕 teh 寫
過去未來過去，歲月風霜
一台一台 ê 車，kan-na[13] tshun[14] 一支著火 ê 喙 [15]
欲望來來往往，嘛流做一條河
鞏 [16] 金包銀 ê 河，無攬無拈 [17]
講 bē 煞 [18] 永遠 ê 閒仔話
有閒無閒嘛無要緊
伊歡喜就好
規去用目屎來唸一首歌詩
長長 ê 頭鬃，是上溫暖 ê 南風
Kā 一杯冰冷 ê 酒烘燒
硬硬 ê 喙舌 [19]，才舐 [20] 一下
心，就 teh 落雪
我 ê 情你 ê 愛，若真早就拍無去
Tī 這个繁華 ê 世界，天頂
哪會揣 [21] 無半粒星？遠遠
順打狗山 [22] ê 身線，溜落來
是濛霧 ê 海影，潸潸 [23] ê 目墘 [24]
有愛無愛攏無要緊，因為
海海是人生，人生是海海
啊！熱天就是按呢。

註解：

1. 躊躇（tiû-tû）：「猶豫」。
2. tuè：綴，「跟著」。
3. peh 起哩（peh-khì-lih）：「爬上去」。
4. 無張持（bô-tiunn-tî）：「不小心」。
5. 綿爛（mî-nuā）：「堅持、固執」。
6. 站節（tsām-tsat）：「分寸」。
7. 西米羅（se_{33} bi_{55} $looh_3$）：西裝，源自日文せびろ。
8. 相（siòng）：「瞪」。
9. 徛（khiā）：「站立」。
10. 閃爍（siám-sih）：「光明滅不定」。
11. 一葩（tsit pha）：「一蕊」。
12. nih：瞇，「眨眼」。
13. kan-na：干焦，「只」。
14. tshun：賰，「剩」。
15. 喙（tshuì）：「嘴」。
16. 鞏（khōng）：「堆砌」。
17. 無攬無拈（bô-lám-bô-ne）：「做事沒原則」。
18. 煞（suah）：「結束」。
19. 喙舌（tshuì-tsih）：「舌頭」。
20. 舐（tsip）：舔。
21. 揣（tshuē）：「尋找」。
22. 打狗山：高雄柴山。
23. 澹澹（tâm-tâm）：「潮濕的樣子」。
24. 目睏（ba̍k-kînn）：「眼眶」。

——《台江台語文學》9 期 /2014/3

知影
——賴和 ê 相思調

〈相思〉

風知影你 ê 思念
總是偷偷仔飄洋過海
我學你徛[1] tī 船頭想伊 ê 目神
Gāng-gāng[2] 看上天 ê 面容恬恬[3] 無講話
時間總是凌遲人
一分一秒若像刀 teh 割
等伊，等天光，等寂寞 ê 目屎
對毋願認輸 ê 暗暝滴落來
祖國，外邦，家鄉
莫名其妙 ê 愛戀
講 bē 出喙[4] ê 心事　kap 躊躇[5]
攏總做伙關入去慢慢清醒 ê 鐵籠
毋過，思念關 bē tiâu[6]
風，總是知影……

〈南國哀歌〉

風總是知影
刻 tī 骨頭 ê 故事永遠 bē 生鉎 [7]
歷史無情，吊 tī 樹林 ê 賽德克巴萊 [8]
堅定 ê 頭殼 ê 憤怒 ê 目睭
赤燄 ê 地獄之火，燒疼你 ê 心肝
青驚 ê 靈魂，tī 這个澹 [9] 濕 ê 南方國度
流出一條幽幽 ê 哀歌
溪水是紅 ê，山 ê 濛霧未散
這山 hit 山，猶原有銃聲 [10] 砲聲迴響
窗外天星知影你 hit 暝
偷偷仔用一杯清洒思念起
伊 ê 溫存，啊！tsiah-nī [11] 疼 ê 溫存……
風嘛知影，我嘛知影

〈覺悟下 ê 犧牲〉

知影氣魄毋是寫 tī 喙舌[12]
知影愛毋是 kan-na[13] 倒 tī 眠床邊
變做風,無惜代價
吹焦[14] 受傷受壓迫 ê 血汗叫做公義
竹篙鬥菜刀車拚威權帝國號做勇氣
生 kap 死,tī 錯亂 ê 時代
總是不如一支雞毛 ê 輕重
嘛比 bē 過一隻狗 ê 臭屁⋯⋯
勇士毋驚犧牲,我知影
生死之外,你總是有無全 ê 覺悟
你胸前 ê 聽診器,除了土地 ê 喘氣
滿滿攏是伊 ê 心跳　kap 溫度
是啊!甘蔗園淒涼烏暗 ê 天頂
你猶原向望[15] 有一寡仔稀微[16] ê 日頭光
一寡仔,就好

〈流離曲〉

連狗蟻 [17] 嘛知影
性命總是有連月光都無 ê 暗暝
孤單是你唯一 ê 名字，有時陣
你笑家己是一个戇囝 [18]
不時 kā 別人 ê 苦難擔 tī 肩胛頭 [19]
擔 kah 連島嶼都感覺沉重
世間 kánn 若一座注定 ê 監牢
有人妻離子散，有人田園淪亡
你看在眼內，恬恬向前行
向前行，tuè 著 [20] 伊溫柔 ê 呼聲……
Hit 暝，我偷偷仔 bih [21] 入去你 ê 筆尖
墨水小可鹹鹹，我知影
你 ê 思念總是毋願流出喙
一直掛 tī 天邊閃爍 [22]，親像
遙遠 ê 伊
一 tè 冷心無奈 ê 流離曲……

〈相思〉

風總是知影
你毋是你，只是伊 ê 形影
飄洋過海 ê 思念才是思念
Koh khah 堅強 ê 目屎嘛會滴落塗跤 [23]
我當然知影，愛情 bē 當論斤秤兩
但是猶原偷偷仔用你 hit 支秤仔 [24]
秤看阮 ê 魂魄有偌重 [25]，是毋是
有資格 tuè 你唱一首相思歌
風知影，你總是用這个姿勢想伊
無藥好醫 ê 目神，親像
一張寄出去無回 ê 批 [26]……

註解：

賴和（1984-1943），是日本時代彰化 ê 醫生兼社會
運動家，伊也是一个文學家，用心推 sak 白話文學運
動，有學者稱呼伊是「台灣新文學之父」。Tī 中國
廈門行醫時期（1918-1919）熟似一位日本女護士，
走 tsông 家國世事以外，伊嘛有一段少人知影、幽微
ê 愛情故事。

---

1. 徛（khiā）：「站立」。
2. gāng-gāng：愣愣，「發呆出神」。
3. 恬恬（tiām-tiām）：「靜靜」。
4. 喙（tshuì）：「嘴」。
5. 躊躇（tiû-tû）：「猶豫」。
6. 關 bē tiâu：關袂牢，「關不住」。
7. 生鉎（senn-sian）：「生鏽」。
8. 賽德克巴萊：台灣原住民族，1930 年霧社事件
   kap 日軍對抗，死傷慘重。
9. 澹（tâm）：「潮濕」。
10. 銃聲（tshìng-siann）：「槍聲」。
11. tsiah-nī：遮爾，「這麼」。
12. 喙舌（tshuì-tsih）：「舌頭」。
13. kan-na：干焦，「只是」。
14. 焦（ta）：「乾枯」。
15. 向望（ǹg-bāng）：「希望」。
16. 稀微（hi-bî）：「寂寞、寂寥」。
17. 狗蟻（káu-hiā）：「螞蟻」。
18. 戇囝（gōng-kiánn）：「傻小孩」。
19. 肩胛頭（king-kah-thâu）：「肩膀」。
20. tuè 著：綴著，「跟上」。
21. bih：覕，「躲」。
22. 閃爍（siám-sih）：「光明滅不定」。
23. 塗跤（thôo-kha）：「地面、地上」。
24. 秤仔（tshìn-á）：「磅秤」。
25. 偌重（luā-tāng）：「多重」。
26. 批（phue）：「信」。
   ——2014 台灣文學獎／台語新詩入圍
   ——2015 打狗鳳邑文學獎／台語新詩優選

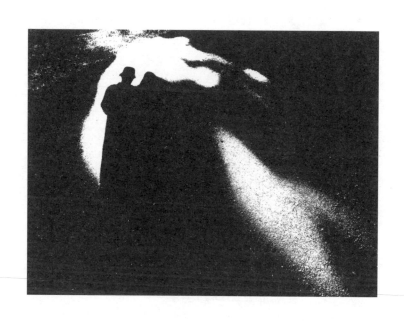

天地做證，hit 暝
咱將愛寫 tī 塗跤
月娘知影露水　知影

是毋是寫一首詩來記念春天
──hōo 楊貴

躊躇[1] tī 大目仔降 ê 街頭
跤骨 kap 我一直 teh 思考
是毋是寫一首詩來記念春天
噍吧哖 ê 人頭猶原 tī 你細漢 ê 門 phāng[2]
滴血，驚惶[3] ê 目睭金金
砲車一台一台，囂俳[4] 輾過
記持[5] ê 大路……

惡毒 ê 日頭猶原刺疫[6]
是毋是寫一首詩來記念春天
想 bē 到，血嘛會開做一蕊花
一蕊一蕊美麗 kap 悲傷 ê 花，無辜 ê 眼神
Hōo 天公伯仔感動 kah 落大雨
暗暝，一粒一粒閃爍[7] ê 天星
就按呢，有家己講 bē 完 ê 故事

毋知啥物時陣開始
你 hit 枝硬骨 ê 筆，生了厚厚 ê 死肉
面頂，吊滿一領一領
曝[8] 傷 ê 魂魄，我 ê 目箍[9] 不時 teh 想
是毋是寫一首詩來記念春天
歷史 ê 春天，tsiah-nī[10] 遠

又 koh hiah-nī[11] 寒
鵝媽媽嫁出去 ê 尊嚴
Kám 會 koh 轉來故鄉 ê 後頭厝咧？

祖國，祖國，偌濟[12] 錢一斤？
你用十冬 ê 青春，和[13] 一粒銃子[14] 參詳
Suah 換來一个破碎 ê 美夢
啊，骨力[15] 樸實 ê 字體猶原堅定
一格一格 peh[16] 上，理想 ê 樓梯
野生 ê 百合，開 kah 四界滿滿是
是毋是寫一首詩來記念春天
一條火燒島之歌，唱 kah 時間攏老矣
失眠 ê 太平洋 kap 你，上知影
自由 ê 滋味

藍色 ê 天，暗藏白色 ê 恐怖
無邊無際無形無味無血無目屎
聳鬚[17] ê 日頭毋敢 koh 聳鬚，恬恬[18] 無聲
我淡薄仔哀愁 ê 聲嗽[19] 輕輕
Tī 大目仔降 ê 街頭，躊躇
是毋是寫一首詩來記念春天
筆拄提起，才發覺你猶原 giâ[20] 一支鋤頭

Tī 紅紅 ê 土地 teh 寫，澹澹 [21] ê 愛
早就種 tī 塗底，牽絲牽詩
Koh 旋藤，春光關 bē tiâu[22] 矣
一蕊一蕊 ê 玫瑰花，免等南風吹來
已經 tī 我拋荒 [23] ê 心園
妖嬌美麗……

註解：

楊貴，就是楊逵（1906-1985），台灣有骨氣 ê 文學家。Tī 台南新化（大目仔降街）出世，懷抱慈悲心胸，規世人寫作兼做社會運動，用十幾冬 ê 青春坐過日本 kap 國民黨政府 ê 監牢；晚年 tī 台中大肚山經營東海花園，春天時陣，過身。出名 ê 小說有：〈鵝媽媽出嫁〉、〈春光關不住〉、〈送報伕〉等等。

---

1. 躊躇（tiû-tû）：「猶豫」。
2. phāng：縫，「縫隙」。
3. 驚惶（kiann-hiânn）：「驚恐、害怕」。
4. 囂俳（hiau-pai）：「囂張」。
5. 記持（kì-tî）：「記憶」。
6. 刺疫（tshiah-iàh）：「刺癢、厭煩」。
7. 閃爍（siám-sih）：「光明滅不定」。
8. 曝（phàk）：「曬太陽」。
9. 目箍（bàk-khoo）：「眼眶」。
10. tsiah-nī：遮爾，「這麼」。
11. hiah-nī：遐爾，「那麼」。
12. 偌濟（juā-tsē）：「多少」。
13. 和（hām）：「跟、與」。
14. 銃子（tshìng-tsí）：「子彈、彈藥」。
15. 骨力（kut-làt）：「勤勞」。
16. peh：「爬」。
17. 聳鬚（tshàng-tshiu）：「囂張、威風」。
18. 恬恬（tiām-tiām）：「靜靜」。
19. 聲嗽（siann-sàu）：「語氣」。
20. giâ：夯，「扛」。
21. 澹澹（tâm-tâm）：「潮濕的樣子」。
22. 關 bē tiâu：關袂牢，「關不住」。
23. 拋荒（pha-hng）：「田地任其荒廢」。

——2013 台南文學獎／台語新詩優選

想你 ê 時，挽一支長頭毛
種一首詩，用一世人 ê 愛
等一个春天

美濃，kap 我 ê 青春少年

〈美濃河〉

有一條溪河叫做美濃
流過我少年時，一个越角 [1]
二月戲，已經搬 bē 振動 [2]
春天 ê 故事，青春是一台
落鍊仔 ê 鐵馬，bih [3] tī 舊橋頭
Gāng-gāng [4] 看著，來來往往 ê 吵鬧嘻嘩
Koh 一擺佔領祖先
徛 [5] tī 廳桌金金 ê 目睭

Hit 个跙 [6] tī 岸邊，洗衫 ê 阿婆
Āinn [7] tī 尻脊骿 [8] ê 囡仔，suah 突然間
哭出哀聲……

〈月光山〉

天暗矣。月娘澹澹 ^{9} ê 目箍 ^{10}
稀微 ^{11} ê 光線，安安靜靜淹過
我孤單 ê 心，伊知影
千萬年前，就有一座烏暗淒迷 ê 山

轉來過暝啊！你講
我揣 ^{12} 無囡仔時陣 ê 跤跡
失去母語 ê 人，kám 有資格
向望 ^{13} 一个愛情？
這條山路直直行過
是無人 ê 樹林，聽講
有一粒，斷翼 ^{14} 墜落 ê 天星

〈菸樓〉

啥物人 kā 思念一片一片烘焦
無翼股 [15]，免講嘛無法度飛上天

紅紅 ê 磚仔頭，猶原有故鄉 ê 芳味
親像 hit 條，bē 記得家己姓名 ê 歌
無論按怎轉踅 [16]，攏有靈魂 ê 節奏
尊嚴，是頷仔頸 [17] 筋永遠 bē 化 ê 火

踏過一塊缺角 [18] ê 破瓦
我變做一支菸
有一寡臭火焦味 ê 愛情，koh 數想
匀匀仔 [19]，鑽入去你 ê 心肝

〈紙傘〉

青春老矣。壁頂 ê 破時鐘
疼 kah 大咻 [20] 大叫,房間
Tshun[21] 一支啞口 [22] ê 紙傘,開喙 [23] 合喙
攏仝款,無法度遮雨遮日 ê 無奈
因為伊,家己就 teh 流目屎

Hit 齣戲煞鼓 [24],這齣戲 koh 開始
總是搬演 bē 了,世間 ê 悲歡離合
台頂棚跤,時間無情行過你我
以早,貼印 tī 花窗美麗 ê 形影

〈稻仔〉

窗外，一隻蝶仔[25]恬恬[26]飛過
連頭嘛無越，思念
Tī 青青 ê 稻欉[27]結穗，風吹來
就搖頭跳舞，若親像海 ê 波浪
溫柔講起，一世人辛苦勞動 ê 秘密

這是飄流浪子，khǹg[28] tī 枕頭
無願意清醒 甜甜 ê 眠夢

註解：

1. 越角（uat-kak）：「轉角」。
2. 振動（tín-tāng）：「移動」。
3. bih：覕，「躲藏」。
4. gāng-gāng：愣愣，「發呆出神」。
5. 徛（khiā）：「站立」。
6. 跍（khû）：「蹲」。
7. āinn：偝，「揹著」。
8. 尻脊骿（kha-tsiah-phiann）：「背部」。
9. 澹澹（tâm-tâm）：「濕潤的樣子」。
10. 目箍（bak-khoo）：「眼眶」。
11. 稀微（hi-bî）：「寂寞、寂寥」。
12. 揣（tshuē）：「找尋」。
13. 向望（ǹg-bāng）：「希望」。
14. 翼（sit）：「翅膀」。
15. 翼股（sit-kóo）：「翅膀」。
16. 轉踅（tńg-sèh）：「旋轉」。
17. 頷仔頸（ām-á-kún）：「脖子」。
18. 缺角（khih-kak）：「破損缺角」。
19. 勻勻仔（ûn-ûn-á）：「慢慢地」。
20. 咻（hiu）：「大聲喊叫」。
21. tshun：賰，「剩下」。
22. 啞口（é-káu）：「啞巴」。
23. 喙（tshuì）：「嘴」。
24. 煞鼓（suah-kóo）：「劇終」。
25. 蝶仔（iah-á）：「蝴蝶」。
26. 恬恬（tiām-tiām）：「靜靜」。
27. 欉（tsâng）：計算植株的單位。
28. khǹg：囥，「放置」。

——2014 打狗鳳邑文學獎 / 台語新詩評審獎

越頭 [1]，舊山線……

春天一越頭，才知
記持 [2] koh 一擺 peh 起哩 [3] 舊山線
我拄 [4] 轉大人 ê 愛情，無小心
Suah 跋落烏暗 ê 無底深坑
你咒誓 [5] 過海水會焦石頭會爛
想 bē 到，hit 蕊掛 tī 阮窗前 ê 笑容
比油桐花 ê 芳味 koh khah 薄

你我 ê 世界落雪矣
一蕊一蕊白色　澹澹 [6] ê 花蕊
攏是無緣 ê 新娘衫，關刀山
嘛有淡薄仔哀愁，無彩 [7] 遮
媠媠 [8] ê 情意，跳一 tè 舞 [9]
就落塗身爛，唱一條歌又 koh
歡喜水流，啊！是雪，是花
抑是我放浪 ê 心

魚藤坪溪 ê 水，猶原恬恬 [10] teh 流
毋知是哭，抑是笑
伊 kám 知影啥物叫做愛情？
阮搭 tī 你心肝 ê 橋
已經肝腸寸斷，你無聲無說

越頭就走，生命 ê 大地動
是按怎無法度搖醒我 ê 戀夢
猶 koh kā 你 ê 名字寫起哩這座懸懸 [11]
傷心 ê 車站

過去 ê 人客，tī 時間 ê 月台來來往往
嘻嘻嘩嘩，就變身做肩頭輕鬆 ê 遊客
我 ê 目墘 [12] 有一寡仔沉重，人客人客
我是一个母語 kap 愛情做伙被謀殺 ê 客人啊
看著一蕊一蕊　五彩妖嬌 ê 雨傘花
慢慢仔淹過　滿山滿嶺 ê 油桐樹
連你我 hit 時　互相溫存 ê 目神
嘛漸漸失去溫度……

啊！你 tuè [13] 春天 ê 跤步越頭就走
無聲無說，連吐一下大氣都無
記持 koh 一擺 peh 起哩舊山線
你我已經變做兩條
無交插 ê 鐵枝路，愛情 ê 火車
毋知會 koh 靠站無？
天地凡勢仔 [14] 知影
所以，一直 teh 落雨……

註解：

1. 越頭（uát-thâu）：「回頭」。
2. 記持（kì-tî）：「記憶」。
3. peh 起哩（peh-khí-lih）：「爬上去」。
4. 拄（tú）：「正要」。
5. 咒誓（tsiù-tsuā）：「發誓」。
6. 澹澹（tâm-tâm）：「濕潤的樣子」。
7. 無彩（bô-tshái）：「可惜、浪費」。
8. 媠媠（suí-suí）：「漂亮美麗」。
9. 一 tè 舞：（tsit tè bú）「一支舞」。
10. 恬恬（tiām-tiām）：「靜靜」。
11. 懸懸（kuân-kuân）：「高高的樣子」。
12. 目墘（bák-kînn）：「眼眶」。
13. tuè：綴，「跟」。
14. 凡勢仔（huān-sè-á）：「或許」。

——2013 夢花文學獎 / 佳作

雙溪 ê 目屎
——懷念文學先生[1] 鍾鐵民

一條溪水一世人會當載偌濟[2] 憂愁?
無人知影,伊 ê 心事,恬恬[3] 藏 tī 溪底
是按怎 ê 掣流[4] kap 躊躇[5]……

黃色 ê 蝴蝶,展開美麗 ê 夢想
飛來飛去,飛來飛去,飛做
一領薄薄 ê 新娘衫,穿 tī 雙溪 ê 樹林
所有 ê 情愛,用文學做伴娶,攏總
嫁 hōo 笠仔山跤 ê 你

雖然有驚惶[6] 有歡喜,你嘛勇敢
用肩胛頭[7] kā 伊擔起來,擔起來序大人
漂洋渡海　盤山過嶺 ê 願望
Kap 心意,雖然有時陣親像一座
島嶼 hiah-nī[8] 重……

一條溪水一世人會當唱偌濟歌?
啥人知影,雙溪 ê 水對啥物時陣
開始 teh 流,流 kah 滿山滿嶺 ê
春風 kap 歌聲,毋過,我看著你 ê 筆愈磨
腰愈彎,筆愈磨,頭毛愈白
是按怎一个故事,hōo 人無怨無恨

用規世人 ê 青春去追求　奉獻
是土地 ê 芳，是海水 ê 鹹
抑是目屎流過喙 phé[9] ê 毋甘
Kap　溫暖

一條溪水一世人會當有偌濟情愛？
上天知影，千千萬萬 ê 蝴蝶 ê 翼股[10]
若親像焦[11] 葉仝款，隨風飄落，hit 時
正是愛情死亡之時，妖魔鬼怪 ê 手
掛好正義公理 ê 白手套，攑[12] 起
鍍金 ê 彎刀，準備收割你 ê 家鄉　ê 未來……
無土地，哪有文學咧？
Hit 時，你無顧一切拖老命
以庄頭伯公[13] ê 名，倚[14] tī 橋頂大聲呼叫
呼叫千千萬萬美麗 ê 魂魄
Koh 一擺倒轉來轉來笠仔山跤
守護田園，守護山林，守護溪河
守護──祖先一粒稀微[15] 硬頸 ê 火子……
Hit 時，春風若像母親 ê 雙手，搖動一个
希望 ê 竹籃，搖呀搖，搖呀搖，搖 kah
冷心 ê 雙溪，目屎流　目屎滴

啊！一條溪水一世人會當有偌濟目屎？
你 kám 知影，若看著你堅心 ê 形影
貼印 tī 水面時陣，我就知影
島嶼文學 ê 水泉，永遠 bē 焦，親像
有千千萬萬翼股疼惜過 ê 雙溪
仝款，一直流，一直流……

註解：

鍾鐵民，高雄美濃人，徛家後壁是笠仔山，山跤有雙溪流過，溪岸以早是「黃蝶翠谷」ê所在；伊是台灣農民文學ê重要作家，老爸是有名ê文學家鍾理和；關愛鄉土ê伊，帶領鄉親推sak「反美濃水庫」運動，2011/8/22，因為心臟病過往，享壽71歲。

---

1. 先生（sîn-sâng）：四縣腔客語，「老師」。
2. 偌濟（juā-tsē）：「多少」。
3. 恬恬（tiām-tiām）：「靜靜」。
4. 掣流（tshuah-lâu）：「急流」。
5. 躊躇（tiû-tû）：「猶豫」。
6. 驚惶（kiann-hiânn）：「驚恐、害怕」。
7. 肩胛頭（king-kah-thâu）：「肩膀」。
8. hiah-nī：遐爾，「那麼」。
9. 喙phé（tshuì-phé）：喙顊，「嘴巴」。
10. 翼股（sit-kóo）：「翅膀」。
11. 焦（ta）：「乾枯」。
12. 攑（giáh）：「拿起」。
13. 伯公（pak-kûng）：四縣腔客語，「土地公」。
14. 徛（khiā）：「站立」。
15. 稀微（hi-bî）：「寂寞、寂寥」。

　　——2011打狗鳳邑文學獎/台語新詩評審獎

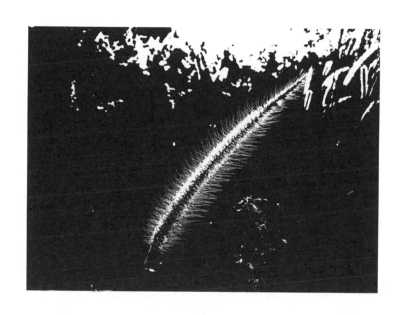

一枝草花，一滴露水
前世，是一隻美麗 ê 蝶仔
翼股是詩，詩　有光……

拋荒的心 Pha-hng ê sim
——母語 kap 詩 ê 筆記

月光
拄好
刻骨 ê 傷痕
知影
拋荒 ê 心

墓牌

用母語寫詩
毋是 beh 揣[1] 死
是 beh 為死去 ê 尊嚴
刻一塊
墓牌。

註解：

1. 揣（tshuē）：「找尋」。

目屎

無論母語 ê 面腔有偌 bái[1]
我願意用天地 ê 度量
來寬容；我 ê 詩
已經變成一條手巾仔
準備 beh 拭[2] 伊
最後一滴目屎。

註解：

1. bái：穤，「醜」。
2. 拭（tshit）：「擦抹」。

精牲 [1]

豬講母語傷害民族感情
狗講豬真歡喜
我 ê 詩，尻川 [2] 紅吱吱：
屎，恁爸恁母含 [3] 金湯匙仔出世 ê
豬狗精牲。

註解：

1. 精牲（tsing-sinn）：「畜生」。
2. 尻川（kha-tshng）：「屁股」。
3. 含（kâm）：「東西銜在嘴裡」。

芳味

花，若用母語唸一首詩
世界，才開始有
芳味。

凌遲

斷跤斷手 ê 母語
綿爛[1] 跳一 tè 舞[2]；詩
無翼[3]，毋過永遠毋驚
運命來凌遲。

註解：

1. 綿爛（mî-nuā）：「堅持」。
2. 一 tè 舞（tsit tè bú）：「一支舞」。
3. 翼（sit）：「翅膀」。

買票

投母語一票，詩當選；
寂寞，koh 一直來
買票……

劍

Tī 母語沙微[1] ê 目神
走揣[2] 祖先
拍見[3] 去 ê 詩句；竹篙鬥菜刀
一支硬骨 ê 劍……

註解：

1. 沙微（sa-bui）：「模糊不清」。
2. 揣（tshuē）：「找尋」。
3. 拍見（pháng-kiàn）：「拍毋去」ê 連音，「遺失」。

面容

母語，悲傷做一片
大海；故事，一點一滴
蒸發。Hit 个破空 ê 天
Kám 是，詩
憂煩 ê 面容？

抗議

Kan-na[1] tī 曆日仔頂頭
畫一工母語日，近廟欺神⋯⋯
詩，用拋荒[2] ê 姿勢
抗議。

註解：

1. kan-na：干焦，「只」。
2. 拋荒（pha-hng）：「田地任其荒廢」。

詩

母語，若死
規个民族
就變啞口[1]；一首
往生 ê 詩……

註解：

1. 啞口（é-káu）：「啞巴」。

過冬

母語，細漢時陣
罰一箍[1]；
（毋 bat[2] 大漢過……）
老矣，suah 抾捔[3]——
靠薄薄 ê 詩，過冬……

註解：

1. 箍（khoo）：「元，錢的單位」。
2. 毋 bat：毋捌，「不曾」。
3. 抾捔（khioh-kák）：「形容人沒用、沒前途」。

毋瞌

一粒哀傷 ê 天星
Lak¹ 落來
變做母語 ê 目睭
寂寞 ê
詩，金金
看著島嶼
死目毋瞌²。

註解：

1. lak：落，「掉落」。
2. 瞌（kheh）：「閉目」。

面目

母語，是島嶼 ê 心；
島嶼，是政客 ê 化妝品。
詩，對抹粉過敏；
我 ê，真面目。

露螺 [1]

島嶼，一段上悲涼 ê 風景
有母語 ê 形影；是一欉 [2]
暗暝 ê 玉蘭花，是一首
含水過冬 ê 詩，是一粒
露螺⋯⋯

註解：

1. 露螺（lōo-lê）；「蝸牛」。
2. 欉（tsâng）：計算植株的單位。

連回 [1]

詩，peh 起哩 [2] 一欉 [3]
寒天 ê 樹仔，beh 揣 [4]
新 ê 字詞；母語一葉一葉
落塗，翻身，輕輕講出
一句話，連回……

註解：

1. 連回（liân-huê）：「壞運循環不斷」。
2. peh 起哩（peh-khì-lih）：「爬上去」。
3. 欉（tsâng）：計算植株的單位。
4. 揣（tshuē）：「找尋」。

Bih¹ 雨

性命 ê 詩，已經拋荒²
揣³無轉厝 ê 路；母語
攑⁴一支慈悲 ê 烏雨傘
Hōo 寂寞，暫時
遮風，bih 雨。

註解：

1. bih：覕，「躲藏」。
2. 拋荒（pha-hng）：「田地任其荒廢」。
3. 揣（tshuē）：「找尋」。
4. 攑（giȧh）：「拿起」。

嘛好

母語 tshun¹ 一寡仔氣力
倒 tī 加護病房
Teh 喘；詩，kan-na² 有法度
Kā 家己，燒做一葩³ 稀微⁴ ê 火
金金看；總是向望⁵
一點仔，天星月光
嘛好。

註解：

1. tshun：賰，「剩下」。
2. kan-na：干焦，「只」。
3. 一葩（tsit pha）：「一盞」。
4. 稀微（hi-bî）：「寂寞、寂寥」。
5. 向望（ǹg-bāng）：「希望」。

好醫

有人烏白生話[1]
母語是超級病毒
強制 kā 伊隔離治療;
Hōo 愛,穢[2] 著 ê 詩
嗆聲:
啥人,才無藥好醫?

註解:

1. 生話(senn-uē)・「造謠」。
2. 穢(uè):「傳染」。

傳染

遐 ê¹ 妖魔政客
攏 teh 驚：
母語有政治陰謀；詩
會獨立。
驚啥潲²？
愛，免講嘛會傳染……

註解：

1. 遐 ê（hia-ê）：「那些」。
2. 啥潲（siánn-siâu）：「什麼」（較粗俗的說法）。

斬頭

島嶼 ê 母親，倒 tī 路邊
Teh 哭：哪會講一句話就 bē 使……
伊將粒積[1] 規世人 ê 詩
對心底提出來
一个一个
斬頭！

註解：

1. 粒積（lia̍p-tsik）：「累積」。

囂俳

詩，著獎矣；這領新衫
蹛[1] tī 破草厝 ê 母語
Kám 穿會落去
伊 ê 囂俳[2]？

註解：

1. 蹛（tuà）：「住」。
2. 囂俳（hiau-pai）：「囂張」。

無目屎

平平攏是家己 ê 囝
哪咧相爭，認老母？
Hit 首用母語寫 ê 孤單 ê 詩
一字一字
Kā 家己 ê 骨肉
拆散，beh 哭無目屎⋯⋯

Hōo 絚 [1]

性命 ê 尊嚴
若 hōo 邪惡 ê 共匪
搶走去;有時陣
母語 kap 詩,會比共匪
Koh khah 共匪——
民主 ê 皮,就繃 hōo 絚……

註解:

1. 絚（ân）:「緊」。

悲傷

一齣母語 ê 戲，按怎搬
都搬 bē 煞 [1]；劇情是
寂寞 kap 詩，亂倫——
私生囝，叫做悲傷。

註解：

1. 煞（suah）：「結束」。

嗽

破病 ê 母語，拍咳啾 [1]
慣勢 [2] 褪褲 lān [3] ê 詩
Suah 感著；天龍國落南 ê 冷風
掃過來，kap 愛有關係 ê 物件
攏 teh 咳咳嗽 [4]……

註解：

1. 拍咳啾（phah-kha-tshiùnn）：「打噴嚏」。
2. 慣勢（kuàn-sì）：「習慣」。
3. 褪褲 lān（thǹg-khòo-lān）：褪褲屠，「沒穿褲子」。
4. 咳咳嗽（khuh-khuh-sàu）：「咳嗽嚴重的樣子」。

電火

母語，tī 無人 ê 暗巷
唱出一條無聲 ê 歌。
我恬恬[1]，行入去歌聲內面
身軀慢慢消影無蹤；詩
突然間，tī 一个傷心樓窗
點著[2] 一蕾電火⋯⋯

註解：

1. 恬恬（tiām-tiām）：「靜靜」。
2. 點著（tiám-tóh）：「點燃」。

恁娘 [1]

墓牌 teh 煩惱：
是毋是有一工，母語
Tī 褒歌 [2] 當中，kap 詩做伙
埋入去塗底，tshun [3] 一句
永遠 bē 死 ê——
姦恁娘。

註解：

1. 恁娘（lín-niâ）：「你娘」。
2. 褒歌（po-kua）：「流傳於民間的說唱類民歌」。
3. tshun：賰，「剩下」。

拖磨

真欣羨鳥仔會飛
詩嘛有翼[1]；母語
Kan-na[2] 一身孤單，無人愛 ê
破衫，世間
拖磨……

註解：

1. 翼〔sıt〕：「翅膀」。
2. kan-na：干焦，「只」。

落來

母語，永遠是一个
謎猜，kā 心剖開
謎底是一粒
上帝 ê 目睭；詩
無想 beh koh 臆 [1]
一字一字
順雨勢，滴　落來……

註解：

1. 臆（ioh）：「猜」。

清醒

無張持 [1]，睏 tī 細漢眠夢
內底 ê 母語，跋一倒——
詩 ê 跤頭趺 [2]，流血矣；
靈魂愈疼，寂寞
就愈清醒。

註解：

1. 無張持（ḃo-tiunn-tî）：「不小心」。
2. 跤頭趺（kha-thâu-u）：「膝蓋」。

風起

Hit 下晡 ê 母語
有淡薄仔咖啡，我 ê 詩
毋知你有鼻著無？
寂寞 ê 芳味；我才 teh 臆[1]
花，當時[2] 會開
當時，風起……

註解：

1. 臆（ioh）：「猜」。
2. 當時（tang-sî）：「何時」。

溫暖

寒天 ê 詩，跤冷手冷
靈魂凍 kah 結霜；趁目睭
Koh 小可仔¹ 澹澹²，khah 緊
Bih³ 入去母語 ê 胸坎，勻勻仔⁴
軟⁵ 一屑仔，瘦卑巴⁶ ê
溫暖。

註解：

1. 小可仔（sió-khuá-á）：「稍微、些微、少許」。
2. 澹澹（tâm-tâm）：「濕潤的樣子」。
3. bih：覕，「躲藏」。
4. 勻勻仔（ûn-ûn-á）：「慢慢地」。
5. 軟（suh）：「吸」。
6. 瘦卑巴（sán-pi-pa）：「瘦巴巴」。

瀾

島嶼落魄 ê 母語
若乞食[1]，伸[2]一肢皺[3]皺 ê 手
Kā 魔神仔，分一點仔
尊嚴；囂俳[4] ê 喙[5]
Suah 撥掉詩 ê 飯碗
Koh 吪一膏[6]，膏膏 ê 瀾。

註解：

1. 乞食（khit-tsiàh）：「乞丐」。
2. 伸（tshun）：「使肢體或彈性物體變直或變長」。
3. 皺（jiâu）：「變得不平整」。
4. 囂俳（hiau-pai）：「囂張」。
5. 喙（tshuì）：「嘴」。
6. 膏（kô）：「濃稠的東西或樣子，在此作量詞」。

詩咧

下課矣，母語
Koh tī 囝仔時陣 ê 教室
罰徛[1]；上課矣，鉛筆
頭殼歹去，猶未好
咱 hit 年 tī 目屎內面
寫好 ê hit 首詩咧？

註解：

1. 徛（khiā）：「站立」。

山林

母語，自卑 kah 驕傲起來
Tī 動物園內做王；
詩，無論按怎唱歌
嘛唱 bē 出一座曠闊
山林。

嚴重

愛承認家己是罪人
才有可能得救，驕傲
是一種無藥 ê 病；詩
倒 tī 神 ê 目睭裡，teh 哭——
母語，koh 毋知家己
破病嚴重。

月光以外 Guėh-kng í-guā

月光
拄好
刻骨 ê 傷痕
知影
拋荒 ê 心

話尾之 1

春天 ê 誠意
——罔講一寡仔台語文運動 kap 書寫 ê 代誌

冬尾，暗暝當時霜冷，想起咱歹命 ê 島嶼，年歲其實 koh 少年，卻是阿婆 ê 身體，若親像風中蠟燭，火隨時 beh 化（hua）去；政治就 mài 講矣，自然環境是破壞 kah 山崩地裂（suann-pang-tē-līh），空氣、水污染，食品全全毒，連國民教育嘛規組害了了矣，到這陣 koh teh 耍愛考試 ê「免試」，戴（tì）痟鬼仔殼，變（pìnn）反教育反民主 ê 把戲，離根離土，祖先留落來 ê 文化資產，一件一件，hōo 人糟蹋 kah 行入去棺材底矣，這款囝孫，憪氣啊，想起來家己就起畏寒……

所以，現此時寫台語（Hō-ló 語）文，我 kā 當做運動來做，所講 ê 運動，是「社會運動」啦，也會使講是「母語復興運動」——台語，用廣義 ê 角度來看，當然包括咱島嶼逐个弱勢語族：Hō-ló 語、客語、原住民語，甚至新住民 ê 語言，tī 遮暫時無 beh kā 扮演壓迫者 ê 官話（華語）按算在內。

社會運動，是一種抵抗，抵抗主流無好 ê 現狀 kap 文化，進一步，期待改變無好部份，往 khah 好 ê 方向進展。台語文運動，就我 ê 認捌（bat），拍拚 ê 方向簡單講其實 kan-na 有兩个：

　　頭先，是「質 ê 提昇」——就是深化 ê 問題。tī 研究方面，包括語法、字詞以及教育、政策、文化 kap 文學 ê 批判等等；tī 寫作方面，不管任何文類，藝術品質 ê 提昇，甚至跨藝術 ê 表現，攏是必要--ê。整個台語文品質 ê 提昇，才有資本來抵抗主流 ê 價值，kap 惡意抹烏 ê 威權，無論是文化抑是政治層次。這部份所有台文人 khah 無爭議 ê 問題。

　　第二，是「推廣」——伊 ê 主要意含，簡單講就是 beh hōo 原底毋知--ê，變知；bē 曉--ê，變會曉；本來少數--ê，慢慢變濟，最後變多數。多數了後，才 khah 有機會透過各方面，主要是對政治權力 ê 得取，kā 台語慢慢對絕滅 ê 危機救--轉-來，koh 來 hōo 台文書寫普遍化標準化，然後漸漸變做台灣主流 ê 文化 kap 價值之一。當然，這毋是 beh 否認共同語（官話）ê 必要性，是 beh 保護台灣多元語言環境 ê 優勢。

　　台語文運動，這 má 拄著--ê，毋是無好 ê 環境

niā-niā，是滅語滅族滅國 ê 危機。現時台灣，不管叫做「中華民國」抑是「台灣共和國」，甚至啥物「中華台北」有--ê 無--ê 攏無要緊，百姓上大 ê 共識其實是「民主生活」這个現狀，就是由「民主」這个普世價值所組成 ê 國家；這嘛是這 má ê 執政者想盡辦法 beh 毀掉 ê 物件：「民主」kap「國家」；koh khah 夭壽--ê 是，一方面 koh 用喙 kā 愛台灣 huah kah 大細聲來欺騙咱遮 ê 戇（gōng）百姓。是講，不管明--ê 抑是暗 ê 步數，對母語 ê 壓迫，就是反民主 ê 作為；所以，我 tī 台語文運動內上關心--ê，是按怎提昇「台灣意識」，同時建立「國家觀念」，來保護「民主價值」，這个角度來看，嘛是一種「民主運動」；若準你台語文（演講、論述 kap 創作）攏真正厲害 kah 掠 bē-tiâu，但是你無「台灣意識」、「國家觀念」kap「民主價值」，這對這塊土地來講，攏是廢人一个，嘛是島國 ê 災難。

我不時 teh 想，假使有一工，台語文變成社會主流價值矣，但是台灣毋是一個國家，咱 kám beh？Koh 假使有一工，台語文變成社會主流價值矣，台灣嘛是一个國家，毋過是一个獨裁國家，咱

kám beh？這是我 tī 台語文運動過程中一个重要思考 ê 點，現此時無論是政治抑是經濟漸漸中國化 ê 台灣，民主價值，才是我上懸（kuân）ê 信仰，毋是台語文。

話講倒轉來，除了民主以外，本土語言 kap 文化，當然是抵抗中國併吞台灣上好 ê 武器。按怎 tī 這三項價值面頂，來推 sak 台語文，才是現階段上重 ê 實務。按呢，台語文運動，甚至會帶動客語、原住民語 kap 其他母語 ê 復興運動，這對建立一个現代民主國家 ê 意識，至少抵抗政客 ê 出賣，有相當大 ê 助益。

我 beh 講 ê 重點是：運動若愈做愈少人，決定註定是失敗--ê。一个當時 teh 發展 ê 運動，有爭議是正常--ê，毋過，爭就愛爭大條 ê 代誌，若為著語文質 ê 提昇（比如語法、用詞、用字等等），就 tī 研究箍（khoo）仔內爭論批判就好，毋通鬧 kah 外口來，若 tī 媒體公開場所削來削去，無人面子提會落來，按呢，本來就事論事 ê 代誌就會變成人 teh 冤家。若冤家，哪會有團結 ê 力量，無團結 ê 力量，母語 kap 國家就準備 tuè 司公上死亡 ê 山頭— 咱所寫--ê 所爭論 ê 台語文，khah 按怎「好」抑是「正確」，是

毋是攏（lóng）總變做墓牌面頂 ê 死語？

　　無人僥（giâu）疑，這種結果是彼个 beh 消滅台灣文化 ê 魔鬼上歡喜--ê，徛懸山看馬相踢（that），看恁一步一步行入死亡 ê 界線——逐家毋知有想起--無，清國統治時期各語族「分類械鬥」ê 歷史，嘛毋知有聽著統治者 tī 山頂 ê 笑聲無？小插題一下，放大來看台灣語族現狀，對照這一段歷史，咱就知『福佬沙文主義』這種論調，bih tī 後壁是一个偌爾（luā-nī）熟似 ê 背影，teh 煽動客語 kap 原住民語族對台語語族 ê 仇恨，遮，仝款受壓迫 ê 語言，就狗咬狗，相殺相刣（thâi）——向（ǹg）望逐家，beh 相冤家時陣，就攑（giàh）頭看覓仔，hit 个萬惡罪魁藏鏡人「華語」臭煬（tsháu-iāng）ê 面腔，伊才是正港 ê『沙豬』。我實在毋甘願看著，「放尿攪沙 bē 做堆」，一直是咱台灣人永遠 bē 翻身 ê 運命。

　　所以，我現階段台語書寫思考 ê 方向是：hōo 大多數聽有台語 ê 人嘛看有台文，tī 欣賞文學過程，本來講 bē 輪轉 ê 字詞，透過文章抑是詩句，慢慢 kā 伊 koh 揣（tshuē）轉來；甚至 bē 曉講台語 ê 人，會當 tī 讀本當中學會曉講，會曉寫。這嘛會使講——

按怎推廣台語文，才是我拍拚 ê 重點。

　　慢慢推 sak，慢慢絞，濟人參與普遍化了後，這個運動過程當中，台文 ê 品質自然會提昇，自然漸漸行向標準化。

　　其實若全心，運動就成功一半矣。Koh 來，就是技術問題，其中上重要愛解決是，用字問題，我認為這是現此時台文人相爭起冤家 ê 源頭——聽講，以早為著『的』（ê）這字 ê 用字，就會當冤 kah 起呸面（phuì-bīn）……

　　順以上觀點，我用字 ê 方向就真清楚。台灣人大多數走 bē 去，攏著受華語 ê 國民教育，漢字 ê 思考 kap 影像一時無可能提掉，tī 這个現實上做基礎，是我斟酌 ê 所在。

　　這 má，先 mài 講客語 kap 原住民語，kan-na 台語 ê 寫法就百百種。毋過，基本上就兩个元素 niā-niā：一个漢字，另外一个，羅馬字。

　　先講漢字，除了本字 khah 無爭論，其他借（音、義）字，有時有影借 kah 花膏膏（hue-kô-kô），有--ê 譀（hàm）kah hōo 人 sa 攏無，若造字 ê 字，愈免講囉，這是用漢字書寫 ê 困境。若羅馬字，「通用拼

音」主要用 tī 客語 kap 原住民語，台語 khah 通行--ê 有二種：一種上有歷史性 ê「教會羅馬字」，koh 一種是「TLPA」。但是各有山頭，真使人頭疼，suah 毋知 beh 按怎來動筆才好，hit 時我是有用漢字試寫看覓，毋過一直期待有人，上好是政府出面來整合。「等 kah 整合，台語就烏有去矣！」有人按呢 teh 操煩，我感覺有道理，所以 2003 年就那躊躇（tiû-tû）那寫，上早用 TLPA 來濫（lām）寫，後尾接觸教羅，只是速度攏若牛 teh 行。啥知，2006 年，教育部出面整合一套「台羅拼音系統」，漢字嘛有推薦用字。了後，我才開始有計劃蹽（liâu）落台文 ê 創作。

　　Teh 寫是有 khah 定著無錯，不而過，頭疼 ê 症頭猶未解決。伊推薦 ê 漢字，嘛 koh 真濟有問題，有--ê 電腦拍 bē 出來，有--ê 漢音毋知按怎讀，有--ê 造字、怪字實在 bē 孝孤得（hàu-koo-tih）。若講著羅馬字，我無特別意見，有一套統一 ê 系統，逐家寫互相看有就好，接受「台羅」哪有啥問題？只是擔心腔口 ê 問題，kan-na 表音，有 ê 詞有時會 hōo 人看無抑是誤解，比如講——我是「永靖腔」，若寫「我真愛食 pian」，意思是「冰」，你凡勢仔叫是我愛食

「鞭」，這聲我就 hōo 人當做不死鬼（put-sú-kuí）；koh 舉一个例：「你是 tsiâ？」，你一定聽 kah 霧煞煞，會按呢應我：「我『乙』咧，『甲』？」其實我 teh 問：「你是啥人？」

所以，我 koh 開始頭疼，疼 kah hōo 我早就寫好 ê 頭一本台語詩集拖四、五冬才出版，就 teh 煩惱這，改來改去，思考用字，思考漢羅 ê 比例，思考文詞理解上漢羅 ê 選擇，以及我特殊腔口 ê 問題。後尾，想著詩集若 koh khǹg-- 落就 beh 生菇矣，我決定掠下面一寡仔原則，雄雄 kā 伊印出來才講：

第一點，漢羅濫（lām）寫：我想著日本文字，嘛有濫漢字，koh 濫 kah 誠順序，外觀看起來，嘛真婿（suí）氣；這種形式，是成功 ê 典範，一看就知影和華語生做無仝款，我感覺按呢，咱台語文書寫應當有未來。

第二點，漢字有本字--ê，用漢字；若無，用羅馬字──但是，一寡仔 khah 早台語歌詞不時出現，而且逐家嘛看有 ê 字，為著方便理解文意，會保留借（音、義）字，親像「阮」、「爬」山、「恬恬（tiām-tiām）」、「戇戇（gōng-gōng）」等等。Koh

來，一般人讀 bē 出來 ê「怪字」，盡量無用，毋過若拄著關鍵字詞，像講目「瞤」，tī 字形當中讀會出台語相仝，抑是類似 ê 音，就會考慮保留，考慮 ê 原則著愛看規句漢羅比例 ê 情形，按怎 khah 簡單 hōo 人了解。這部份是上躊躇 ê 所在，有時甚至無解，像「跍」（khû）這字，標準 ê 怪字，華語是『蹲』ê 意思，本來是寫「khû tī 山跤」，愈看愈煩惱人毋知這个動作，後尾想想，竟然 kā 伊改做「跍」，了後 koh 開始後悔⋯⋯koh 有一个字愈趣味，「娶你 ê 目瞤」ê「娶」，本來用漢字，是為著 hōo 詩 ê 表現較大 ê 空間（『歧義』），撨（tshiâu）規晡了後，上尾 suah kā 改做羅馬字「tshuā」，最後竟然發覺有另外一个「tshuā」改無著，想著已經校對第三遍矣，驚印刷廠創（tshòng）亂去，最後決定保留現狀，suah 變成兩種版本：一个用漢字，一个用羅馬字，hōo 讀者家己去判斷 toh 一个 khah 適當嘛好──你就知，我想 kah 強 beh 起痟（khí-siáu）ê 原因囉。

第三點，造字 ê 字無用：tī 電腦 ê 世界，字若拍 bē 出來，是 beh 按怎推 sat？這就免啥躊躇。

第四點，註解：現階段為著推廣，我甘願 khah

費氣一屑仔，tī文章後尾寫漢羅對照 kap 華語解說，毋過無 tī 文句做記號，以免影響唸讀 ê 氣口。若 khah 長 ê 小說散文，就會 tī 文中抑是每頁下面做註解。

照以上 ê 原則寫落來，我 ê 台文，自然變做以漢字為主，羅馬字 suah tshun（賰）一兩成 niâ，我無想 tī 推動台文 ê 階段，hōo 人看著羅馬字就若看著鬼咧。若準 beh 送去比賽 ê 物件，進前 koh 順這个原則，後尾 suah 改做強 beh 全漢字，因為感覺有 ê 評審看無啥有羅馬字，當然有一好就無兩好，若拄著主張羅馬字書寫 ê 評審，結果就塗塗塗；其實寫台文 ê 主要目的毋是為著比賽，著獎無著獎，就隨緣啦。Koh 一个 khah 大 ê 理由是，得獎作品若刊出來，其他 ê 華語得獎者嘛看會著，這群人，是上有可能嘛上有能力投入台文創作 ê 人，hōo in 感覺寫台文哪有啥物問題，看 tī 獎金 ê 面子，凡勢伊就真正寫出第一篇台文作品矣，寫落去，自然就會去思考羅馬字 ê 問題；而且，得獎作品流通 khah 闊，一般無羅馬字訓練 ê 讀者，嘛看會著。若我家己正式 e 冊，應當嘛會用漢羅濫寫 ê 原則，反正無啥人買，

沓沓仔推 sak，就殘殘（tsân-tsân）躋（tshāi）一个个人理想 ê 台文圖像，但是無掛保證，一定會 koh 撨（tshiâu）切。

　　當然，你姿勢嘛會當徛足懸--ê：「看無，是恁兜 ê 代誌！」、「看無，你家己 bē 曉去查字典乎！」毋過，按呢對推 sak 絕對無幫贊，顛倒 hōo 有心學寫台文 ê 人毋敢 uá 近，「運動」suah 變做箍仔內家己 teh 爽，按呢，你就知，壓迫者 tī 頂懸 teh 偷笑，咱替伊 teh 趕人。所以，我甘願姿勢放 khah 軟--ê，親像 teh 傳教，去面對長期受華語教育洗腦、無羅馬字訓練 ê 鄉親兄姐，揣出一套現階段大多數上有法度接受 ê 書寫形式。假使有一工，台灣 ê 國民教育，若開始用羅馬字取代ㄅㄆㄇ注音，狀況就無相仝囉，只是，若無政治力量，hit 一工，毋知 toh 一工？台文人，若 koh 無團結，凡勢連 hit 一工都無，咱所有 ê 拍拚就無彩工，這是我上擔憂 ê 所在。

　　雖罔按呢講，你應當知影我絕對肯定羅馬字對台文書寫 ê 必要性，台語有真濟漢字無法度表現 ê 字詞 kap 境界，遮，往往是上讚 ê 性命菁華，嘛是 kap 別種語言 ê 區別上大 ê 表徵，我絕對同意 kan-na

250　月光

靠漢字寫，台語文是無前途--ê。毋過，現此時新運動拄起行，我認為 tī 策略面頂，愛分開來發落：「研究性質」khah 重 ê 文章（冊），羅馬字 ê 比例，我接受無上懸限制，看需要 kap 目的，但是 khah 深較少用 ê 詞，註解是有必要--ê；若「推廣性質」--ê，我就主張「音形兼顧」，向望羅馬字 mài hē 傷（siunn）濟，咱莫 bē 記得，咱攏是ㄅㄆㄇ注音大漢--ê，koh當咧 ing──若傷過堅持，認為無用漢字才有志氣，我看台語就愛等咧收屍，咱想看覓，若連你 kā 撨（kiāu）伊就聽無，按呢 ê 文字，哪會有意義？這是毋是，拄好是咱祖公仔 kā 咱教示 ê「罵人罵家己」？

這是我個人淺見，是以一個創作者、基層教師 kap 推廣者來發言，我毋是語言研究學家，無資格去批評論斷別人。當然，你無一定愛認同，毋過，請你一定愛包容；相仝--ê，我嘛會包容你用字 ê 主張。至少逐家 tī 家己 ê 徛家拍拚，做伙攻山頭，千萬千萬毋通 koh 狗咬狗矣，若 kā 咱所 tshun--ê，為台文奮鬥 ê 氣力攏拍損去，beh 哭都無目屎。逐家各退一步，tī 有法度接受 ê 基礎卜互相包容、鼓勵，慢慢磨出一套普遍化 ê 書寫系統，推 sak 才會順序，台文

嘛才有天光 ê 一工。

　　我認為，2006 年教育部整合出來 ê 書寫原則，就是上好 ê 基礎。所以，我願意暫時放棄一寡仔原本 ê 堅持，除了進前所講 ê「怪字」kap「造字」以外，盡量用伊推薦 ê 漢字，親像我本來堅持「安怎」khah 順，後尾嘛改「按怎」；羅馬字部份，我按下「TLPA」kap「教羅」，完全無條件接受「台羅拼音系統」做運動工具，因為一般人一套就驚死矣，若 koh 無仝款，無米兼閏月，恐驚仔會規組壞了了。我 tī 學校教「國（語）文」二十幾冬，教育部讀音不時嘛 teh 撨（tshiâu），撨（tshiâu）kah 這 má koh teh『牛ㄗ ㄪ 褲』『肉ㄙㄠ ㄝ 飯』，一點仔嘛無妨害「國語運動」ê 成功，你看台灣各族群母語攏死 beh 了矣，這就是上好 ê 證明，那 sak 那撨（tshiâu）那戰，就是運動 ê 撇步。

　　歷史 kā 咱講，所有社會運動，無論啥物步數，攏愛有團結 ê 力量，台語文運動仝款是按呢，先留一寡仔勇壯 ê 身體，研究、建立書寫工具、創作、推廣教育……kā 台文 ê 樹頭顧好，將來有行政權力時陣，一起鼓，鑼聲就齊（tsiâu）響。我一直 teh 想，

khah 早毀滅母語 ê「國語運動」會成功,「台語文運動」無理由 bē 成功。

　　我看過南部一間古早 ê 教堂,外表起做廟 ê 模樣,這毋是無志氣,這是神上大 ê 慈悲 kap 智慧,為著愛 ê 生湠(thuànn),成全別人 ê 糟蹋,才是大志氣。用漢字做廟身,來拜台文 ê 神,哪有啥物問題?傳教過程 ê 艱難困苦,原本就是靈魂 ê 修行,嘛是性命唯一 ê 道路……所以,邀請逐家先跍(khû)落來,kā 姿勢放低(kē),全心用疼痛土地 ê 熱情,koh 點一蕊台文 ê 新火,hōo 咱島嶼一寡仔溫暖,當然上期待各族群 ê 母語復興運動,做伙起磅(khí-pōng),這是我迎接春天上大 ê 誠意。

——《台江台語文學》15 期 /2015/8

順這个範勢拚落去

——2016 彰化縣台語文學創作比賽評審感想

　　早就風聲，咱彰化辦中小學台語文學創作比賽足足十幾冬囉，真正是感心，tī 現此時對本土母語無真友善 ê 大環境之下，會當按呢堅持接續落去，定著愛先 kā 主辦單位拍噗仔啦。

　　頭一擺來遮做評審，有夠榮幸 kap 歡喜，彰化好 bái 攏是家己 ê 家鄉，母語復振 ê 事工，坎坷艱難，結合有志相 kap 來做伙拍拚，是理所當然 ê，雖罔拄頭是有淡薄仔煩惱家己才學不足，後尾想想咧，就放膽 kā liâu 落去。

　　這屆 ê 台語詩，四組總共就 beh 倚 300 件投稿作品，論心講，看 kah 目睭有影強 beh 挩（thuah）窗去，不而過，心內偷偷仔 teh 樂暢，因為這嘛代表咱彰化久長以來，tī 台語詩 ê 創作面向，有一定 ê 活力 kap 節奏，順這个範勢拚落去，濟少攏會有一寡仔火子，tī 現有 ê 國民教育裡發光，當然，咱嘛知，這條路頭猶原 koh 真遠，也有真濟奮鬥 ê 空間，所以，

tī 評審會議煞鼓 ê 時，對將來母語推 sak ê 事工有一屑仔建議，我就誠心拆白講，好佳哉，咱 ê 承辦汪小姐，心肝好腹腸闊，有 kā 咱聽入耳，比如：文類 ê 調整 kap 正名、提供優勝者獎金獎品，以及公開頒獎等等，hōo 咱 ê 學生較濟實際的鼓勵，對咱母語文學 ê 提升，決定有絕對 ê 幫贊。

其實，上根本 ê，是透過教育體制 ê 改造，有系統 ê 釘根教學，無奈目前，咱 ê 國中猶未有母語 ê 課程，毋過，也是會當透過一禮拜 2-4 節 ê 彈性課程，抑是用社團 ê 名義來下力，這是咱縣府 ê 權責，免等中央 ê 政策改變，有心就有法度做，跨單位整合一下，加 tsông 一寡仔經費嘛好，提供 hōo 咱縣裡這陣優秀 ê 母語支援老師，有 khah 好 ê 待遇 kap 教冊空間，按呢，才 bē hōo in ê 才華拍損去，而且，咱足無簡單做伙點起來 ê 火，才通好繼續燒。

我是一个 kah 意寫詩 e 人，有時陣，會對紙筆

面頂雄雄跳出來，kā 詩寫 tī 咱 ê 土地塗肉，做評審，也是我 ê 一首行動詩，這 má tī 遮趒趒唸，嘛包含在內，總是一粒疼心，向望咱彰化 ê 鄉親序大以及高層遐 ê 老公仔標，若有得失所在，毋通責備我 ê 潦草，猶 koh 看有我 ê 演出才好。

——2016/11/5

故事，koh 對遮開始
好無？我 kā 鏡拭清氣
詩，suah 去埃著目睭

台語羅馬字拼音方案

（一）

聲母	台羅拼音	注音符號	聲母	台羅拼音	注音符號
	p	ㄅ		kh	ㄎ
	ph	ㄆ		g	
	b			ng	
	m	ㄇ		h	ㄏ
	t	ㄉ		ts	ㄗ
	th	ㄊ		tsh	ㄘ
	n	ㄋ		s	ㄙ
	l	ㄌ		j	
	k	ㄍ			

(二)

韻母	台羅拼音	注音符號	非入聲韻尾		韻化鼻音	
			非入聲韻尾	-m	韻化鼻音	-m
	a	ㄚ		-n		-ng
	i	一		-ng		
	u	ㄨ	入聲韻尾	-h		
	e	ㄝ		-p		
	oo	ㄛ		-t		
	o	ㄜ		-k		

（三）

調類	陰平	陰上	陰去	陰入
台羅拼音	sann	té	khòo	khuah
例字	衫	短	褲	闊

調類	陽平	（陽上）	陽去	陽入
台羅拼音	lâng		phīnn	tit
例字	人	矮	鼻	直

@ 網路工具書資源：

教育部台灣閩南語常用詞辭典
萌典
台日大辭典台語譯本

《月光》初稿時間表

〈第一卷〉拄好

〈第四卷〉拋荒ê心

墓牌 2014/12/11
目屎 2014/12/11
精牲 2014/12/11
芳味 2014/12/11
凌遲 2014/12/11
買票 2014/12/12
劍 2014/12/12
面容 2014/12/12
抗議 2014/12/12
詩 2014/12/12
過冬 2014/12/13
毋瞌 2014/12/13
面日 2014/12/13
露螺 2014/12/13
連回 2014/12/13
Bih 雨 2014/12/14
嘛好 2014/12/14
好醫 2014/12/14
傳染 2014/12/14
斬頭 2014/12/15
囂俳 2014/12/15
無目屎 2014/12/15
Hōo 絚 2014/12/16
悲傷 2014/12/16

嗽 2014/12/16
電火 2014/12/16
恁娘 2014/12/16
拖磨 2014/12/17
落來 2014/12/17
清醒 2014/12/17
風起 2014/12/17
溫暖 2014/12/18
瀾 2014/12/18
詩喇 2014/12/18
山林 2015/1/23
嚴重 2015/1/23

陳胤文學年表

1964　生於彰化縣永靖鄉。本名陳利成。

1976　永靖國小畢業。

1979　明道中學初中部畢業。直升高中部就讀。
　　　十二月十日發生「美麗島事件」，隔年一月
　　　九日施明德被捕，開始寫日記。

1980　轉入員林高中。導師為作家林雙不（黃燕
　　　德），文學啟蒙。散文〈清水岩記遊〉，在《中
　　　央日報》學生園地刊登。生涯首次在報章發
　　　表作品。受到極大鼓舞，開始文學創作之路。

1981　散文〈再思親心〉，在《新生報》發表。

1982　員林高中畢業。因故放棄大學聯考，進入補
　　　習班。學畫兩個月。在台北市生活一年。

1983　進入淡江大學中文系就讀。

1984　大二，與彰化同鄉朋友王美崇、林世宗、施
　　　明志創立「無鳥社」合購一頂帳篷，遊山玩
　　　水。出版手抄本地下刊物《季節鳥》，以傳

閱方式發行；創刊號有導師顏崑陽教授題字。
因緣購得禁書《台灣：苦悶的歷史》（王育德著），台灣歷史的意識獲啟蒙。

1986　〈我住后山情趣多〉以「陳伯仔」筆名在《淡江週刊》發表。原題〈后山札記〉，由於編者修改前未知會（或許稿約有說明自己沒注意），當時（大三）年輕氣盛，有不受尊重的感覺，便投書表達不滿之意。週刊登了投書，加上一篇生氣的回應。而後輾轉得知，編者嗆說：「以後不補助中文系了！」——同學私下戲說，史稱「淡江週刊事件」。
祖母過世，在祖墳上確認客家的身世（饒平客）。

1987　獨自攀爬向天池，首次一個人山上露營過夜。
第一本著作誕生：自費出版手工書《無鳥散記》十本，當作「畢業論文」。大學畢業。
台灣正式解嚴。入伍，在高雄旗山服義務役。

1988　生日休假前夕，總統蔣經國過世。

1989　出版手工書《虎帳笙歌》。退伍。蟄居淡水。

九月找到第一份正職：OK便利商店儲備店長。
十二月，轉任世茂出版社文字編輯。

1990 在野百合學運現場。兼任錦繡出版社特約撰
文，撰寫《國家與人民》世界地理叢書。擔
任廣告片臨時演員。六月自世茂出版社離職。
九月任淡水國中代課老師。參與滬尾文史工
作室活動與社會運動。撰寫第一篇台灣報導
文學〈嗚咽的淡水河〉，發表於《淡中青年》。

1991 擔任台北市私立志仁家商國文教師。

1992 參與「總統直選」遊行活動，第一次坐上鐵
欄巴士。七月自志仁家商離職。開始一年無
業生活。在台大藝術史研究所旁聽課程。參
與劉還月主持的台原出版社之田野調查研習
課程。擔任第一屆國會全面改選的選舉志工。

1993 參與淡水鎮刊《金色淡水》籌設與創刊（與
張建隆、紀榮達、吳春和），擔任社區通訊員。
七月，通過高雄縣國中教師甄試，成了正式
教員。介聘至美濃鎮龍肚國中服務。九月，
高雄師範大學教育學分班（夜間班）修課。

1994 七月，因故離職，通過彰化縣國中教師甄試，介聘至埔心國中。成立「燕霧堡工作室」，投入彰化縣文史調查，以員林「興賢書院」為中心研究案例。十二月九日以本名在《台灣時報》副刊發表返鄉後首篇散文〈國中安親班〉，引發軒然大波，校長在公開會議上開罵。而後，改以筆名「陳胤」、「刑天」繼續於報章雜誌發表作品。

1995 策劃首次「興賢書院」學生導覽活動。首篇報紙發表的新詩〈青溪〉刊登於《台灣時報》副刊。九月成立「柳河讀書會」（2000年解散）。策劃「鄉土心半線情」興賢書院研習活動。

1996 第一屆民選總統。開始埔心鄉田野調查。開始每年舉辦「柳河行踏」學生導覽活動。《教師法》三讀通過公布實施。與同事謝如安籌組「埔心國中教師會」。備受學校當局打壓，功敗垂成。成了頭號「戰犯」。

1997 二月，出版《興賢書院——台灣人文筆記》

手工書。成立「柳河文化工作室」，發表〈河流宣言〉。成立「埔心鄉土教材編輯小組」（成員為：陳利成、莊淑菁、何彩雲、林靜琦、劉蓓蓉、曹建文）。

1998　四月五、六日於埔心鄉立圖書館舉辦「柳河春夢——埔心鄉土教材・影像展」籌募出版基金；同步有《柳河春夢》手工書展覽與「柳河行踏」導覽活動。《自由時報》、中廣、彰視等媒體有新聞報導，加上學校同事贊助，順利募得經費。六月，《柳河春夢》一書順利出版。彰化第一本專為國中生編纂的鄉土教材誕生。〈玫瑰〉，入選《真情書》小品文集（晨星版）。

1999　九二一大地震。出版筆記書《悲歡歲月》（半線文教基金會）、報導散文《半線心情》（常民文化）、畫片《土地顏色》（柳河文化工作室）。〈鹿港的風〉，獲第一屆礦溪文學獎散文類第三名（第一名從缺）。〈二十號倉庫〉，獲台中風華現代詩評審獎。在員林

社大主持「百果山讀書會」。開始每年舉辦
「柳河少年文學獎」，鼓勵學生創作。擔任
「九二一大地震重建義工」。

2000　台灣第一次政黨輪替。〈飄浮的土地〉，獲
第二屆礦溪文學獎報導文學類第二名（第一
名從缺）。〈校園鳥語〉，獲第二屆台中縣
文學獎新詩獎；〈我們相逢在荒煙蔓草的歷
史現場〉，獲第二屆台中縣文學獎散文獎。
開始發行《柳河社區藝文報》，提供學生與
社區居民創作發表空間（2005 年停刊）。

2001　參加「第二十二屆鹽分地帶文學營」。〈校
園風景〉，獲第三屆礦溪文學獎新詩類佳作。
〈行路〉，獲教育部文藝創作獎新詩類佳作。
〈生態浩劫——2001 情人節詩抄〉，獲鹽分
地帶文學獎新詩類第二名（第一名從缺）。
〈獨白〉，獲鹽分地帶文學獎小說類第三名
（第一、二名從缺）。詩劇〈飛向福爾摩莎〉，
在「漢寶野鳥生態文化節活動」演出。在埔
心國中行政大樓舉辦「牆」裝置藝術展，同

時有學生「閱讀西牆」活動。新詩與攝影作品「方生方死方死方生」在興賢書院裝置藝術展展出（合作藝術家：王紫芸、裘安・蒲梅爾）。秋末冬初，成立影子團體「彰化縣國中教師聯盟」，架設「教育之火」網站，創作《秋末冬初──2001台灣國中教育診斷書》拼貼作品，開始進行「教改行動藝術」。

2002　出版《秋末冬初──2001台灣國中教育診斷書》拼貼創作。散文《放牛老師手札》，入選彰化縣作家作品集第十輯，由文化局出版。〈被囚禁的家廟〉，獲第四屆磺溪文學報導文學獎（不分名次）。〈花蓮〉，獲花蓮文學獎新詩佳作。與社區友人成立「大埔心工作室」，成員有：陳利成、張國閔、張哲銘、張國棟、曾隆一、高林助、胡生群、汪紹銘、呂欣蕙。開始進行經口村田野調查與社區營造，並規劃學生社區環境學習場域。

2003　華語詩集《流螢》，獲國家文化藝術基金會出版獎助。〈柳河的生與死〉，獲第五屆磺

溪文學報導文學獎（不分名次）。〈藍腹鷴
♂〉，獲第五屆磺溪文學新詩獎（不分名次）。
〈阿朗壹古道〉，獲第五屆大武山文學獎報
導文學類第三名（第一名從缺）。第一首台
語詩〈天地〉，獲第五屆大武山文學獎新詩
類佳作。在經口村清河堂三合院舉辦「柳河
春夢」埔心鄉鄉土影像展。擔任彰化縣「大
家來寫村史」計畫指導委員。參與公共電視
教改系列影片《魔鏡》拍攝。

2004 詩集《流螢》與《流螢詩籤》，由柳河文化
工作室出版。〈布農組曲〉，獲第六屆磺溪
文學新詩獎（不分名次）。擔任「彰化縣中
小學台灣文學讀本」審核委員。《魔鏡》公播，
引發社會關注。

2005 〈島嶼凝視〉，獲教育部文藝創作獎新詩類
佳作。〈秋天戀歌〉，獲彰化縣台語文學創
作比賽詩歌組第一名。〈八里‧左岸〉，獲
「八里左岸」聯合報徵詩活動入選。〈大佛
三首〉，應邀參加「大佛亮起來」新詩展覽（彰

化縣政府主辦）。進駐埔心鄉「大埔心工作」主持「陳胤咖啡時間」，成立社區圖書室與常態藝文展場。十一月，開始以行動藝術方式在「柳河部落」部落格，進行「國中教育正常化連署」（低調持續中）。

2006　〈詩之釀〉，獲教育部文藝創作獎新詩類佳作。〈冬天戀歌〉，獲彰化縣台語文學創作比賽詩歌組第三名。

2007　〈生活即景〉，獲教育部文藝創作獎新詩類優選。〈春雪〉，獲彰化縣台語文學創作比賽詩歌組第二名。〈最溫暖的南風〉，獲高雄捷運徵詩比賽入選。《咖啡‧咖啡》散文集，由柳河文化工作室出版。七月，生涯第一次暈倒；輕微腦震盪。

2008　〈島嶼戀歌〉，獲教育部母語文學獎現代詩第三名。〈台中歷史散步等十首〉，獲吳濁流文學獎新詩正獎。〈客雅溪口的凝眸〉，獲竹塹文學獎新詩佳作。〈撞球賽事想像〉，獲高雄「世運‧石鼓詩」入選。〈無論凍霜

的風按怎吹〉，獲李江却台文獎台語詩第一名。應邀參加「詩行」台灣母語詩人大會，吟誦詩歌（李江却台語文教基金會、中山醫學大學主辦）。〈風過竹塹城〉入選《2008台灣現代詩選》（春暉版）。報導散文《經口之春》，由彰化縣文化局出版。自籌經費開辦「柳河少年成長營」學生寒暑假營隊。八月，以文學方式預立遺囑〈遺愛手書〉。

2009 〈戀歌〉，獲教育部台灣閩客語文學獎現代詩第三名。台語詩集《戀歌》，獲國家文化藝術基金會創作獎助。〈母語〉，獲彰化縣台語文學創作比賽詩歌組第一名。〈馬祖‧印象〉，獲第一屆馬祖文學獎新詩第二名。〈遺愛手書〉，獲第十一屆磺溪文學獎新詩獎（不分名次）。

2010 《島嶼凝視》，入選彰化縣作家作品集第十八輯，由文化局出版。〈台灣鳥仔〉，獲鄭福田生態文學獎台語詩優選。〈南竿的酒甕〉，獲第二屆馬祖文學獎新詩第一名。〈慕

谷慕魚的想望〉，獲花蓮文學獎新詩類菁英組佳作。〈桐花、紋面、青衫布──給苗栗的山歌〉，獲夢花文學獎新詩優選。〈流螢〉入選《台灣自然生態詩》（農委會／文學台灣）。〈西北雨──台北二二八公園寫真〉入選國家台灣文學館本土語言文學常設展覽。成立「柳河少年寫作班」，義務指導學生寫作。五月六日，生涯第二次暈倒；下巴縫了八針。

2011　　〈田嬰〉，獲彰化縣台語文學創作比賽詩歌組第二名。〈幸福的心靈圖譜──龍鑾潭的冬末紀事〉，獲屏東「印象・恆春」故事徵文第三名。〈墾丁旅記〉，獲第十三屆大武山文學獎新詩第一名。〈陳有蘭溪・詩流域〉，獲玉山文學獎新詩第二名。〈雙溪的目屎〉，獲第一屆高雄打狗鳳邑文學獎台語詩評審獎。〈望安，被遺忘的搖籃曲〉，獲澎湖菊島文學獎新詩佳作。新詩〈拼圖〉、散文〈思念是愛情的火〉入選《詩人愛情社

會學》（釀出版）。台語詩〈春雪〉、〈西
北雨〉入選《台文戰線文學選》（台文戰線）。
在埔心鄉演藝廳舉行「柳河的美麗與哀愁」
老照片展，結合師生台語詩集體創作活動。

2012　〈漢寶濕地的風景與時光〉獲第十四屆磺溪
文學獎報導文學首獎。〈永遠唱袂煞的歌
聲〉，獲第二屆打狗鳳邑文學獎台語詩優
選。〈我的詩跟著賴和的前進前進〉，獲第
三十五屆時報文學獎新詩評審獎；入選《2012
台灣現代詩選》（春暉版）。〈默默，澎湖
的海〉，獲义化部好詩大家寫佳作。《青春
浮雕》入選彰化縣作家作品集第二十輯，由
文化局出版。五月，應邀於「賴和音樂節」
朗誦詩歌。六月，再度應邀參加「詩行」台
灣母語詩人大會，吟誦詩歌（李江却台語文
教基金會、中山醫學大學主辦）。〈東興洋
行的春夜〉，入選「過城──慢步台南計畫
詩展」。策劃〈予柳河的愛情明信片〉師生
台語詩集體創作，入選《2012 台文通訊 BONG

報年度選》。應邀加入「台文戰線」會員。
八月,參加澎湖及林春咖啡館「背包客流浪
計畫」(洪閒芸主持)。開始使用臉書。

2013　台語詩〈越頭,舊山線……〉,獲夢花文學
　　　獎母語文學佳作。〈是毋是寫一首詩來記念
　　　春天——寫予楊貴〉,獲第三屆台南文學獎
　　　台語詩評審獎。《戀歌》台語詩集,獲國家
　　　文化藝術基金會出版補助。〈默默,澎湖的
　　　海〉,獲菊島文學獎散文類佳作。〈澎湖的
　　　燕鷗家族〉,獲菊島文學獎新詩類優選。

2014　五月一日,第一本台語詩集《戀歌》,由柳
　　　河文化工作室出版。華語詩集《詩的旅行》
　　　入選彰化縣作家作品集第二十二輯,由文化
　　　局出版。〈澎湖,歡迎光臨!〉獲喜菡文學
　　　獎現代詩佳作。台語詩〈愛的進行曲〉與台
　　　語散文〈過城〉均獲教育部台灣閩客語文學
　　　獎第一名;七月十二日,於溪州成功旅社進
　　　行文學獎作品田園導讀「詩歌分享」,並舉
　　　行〈愛的進行曲〉台語詩畫個展。短篇小說

〈巷弄人生〉獲第十六屆礦溪文學獎優選。
台語詩〈安平，平安〉獲第四屆台南文學獎
第一名。台語詩〈美濃，佮我的青春少年〉
獲打狗鳳邑文學獎評審獎。台語詩〈知影——
賴和的相思調〉獲台灣文學台語新詩經典獎
入圍。九月，在埔心國中開設「台語文學創
作」社團。

2015　台語詩集《月光》，獲國家文化藝術基金會
創作補助。新詩〈鷹眼〉獲桃城文學獎第三
名。新詩〈月光小棧〉獲「詩，遊台東」徵
詩比賽金獎。六月十二日，舉辦末屆柳河少
年文學獎頒獎典禮。七月，〈愛的進行曲〉
台語詩畫展第二場在彰化市吉米好站開幕
（7/15-8/16）。八月一日，正式退休，生平第
一次理光頭。台語散文〈飄零〉獲台南文學
獎首獎。新詩〈大岣崁溪的坎坷行旅〉獲鍾
肇政文學獎三獎。台語詩〈知影——賴和的
相思調〉獲打狗鳳邑文學獎優選。新詩〈初
秋‧微光〉獲大武山文學獎第一名。十一月

二十一日應邀在葉石濤紀念館主講：「愛的進行曲——我佮我的台語詩分享」。台語詩〈是毋是寫一首詩來記念春天〉、〈安平，平安〉入選台南文學選集《Undelivered》（英譯本）。新詩〈追憶楊逵與東海花園的一片風景〉入選台灣現代詩刊《十年詩萃》。

2016　台語詩〈你的面是一坵拋荒的田〉獲教育部台灣閩客語文學獎第一名；台語散文〈天漸漸光，新中街〉獲教育部台灣閩客語文學獎第二名。台語詩〈拖磨〉獲台中文學獎佳作。新詩〈獨立鰲鼓濕地的蒼鷺〉獲桃城文學獎佳作。新詩〈馬祖獨白〉獲馬祖文學獎優選。台語詩〈阿母的心事〉獲夢花文學獎佳作。台語詩集《月光》，獲國家文化藝術基金會出版補助。華語散文集《鳥的旅行》，入選彰化縣作家作品集第二十四輯，由文化局出版。新詩〈阿塱壹，請不要說再見〉入選屏東文學青少年讀本。五月二十八日，應邀於「賴和音樂節」朗誦詩歌。八月三十一日應

邀在教育部國教院主講：「戀歌──我的台
語詩分享」。十月應邀擔任彰化縣母語文學
創作獎評審。十一月十六日，應邀在溪州成
功旅社參加礦溪文學獎文學沙龍。新詩〈光
之穹頂〉獲打狗鳳邑文學獎優選。

月光
Gue̍h-kng
陳胤台語詩集

國家圖書館出版品預行編目 (CIP) 資料

月光：陳胤台語詩集 / 陳胤作 . -- 初版 . -- 臺北市：前衛，2017.08
　　面；　公分
ISBN 978-957-801-823-5(平裝)

863.51　　　　　　　　　　　　　　106010243

作　　　　者	陳　胤
影　　　　像	陳　胤
內　頁　圖　像	陳　胤
責　任　編　輯	鄭清鴻
美　術　編　輯	王金喵
出　　版　　者	前衛出版社

地址：台北市中山區農安街 153 號 4 樓之 3
電話：02-25865708　傳真：02-25863758
郵撥帳號：05625551
電子信箱：a4791@ms15.hinet.net
官方網站：http://www.avanguard.com.tw/

出　版　總　監	林文欽
法　律　顧　問	南國春秋法律事務所
總　經　銷	紅螞蟻圖書有限公司

地址：台北市內湖區舊宗路二段 121 巷 19 號
電話：02-27953656　傳真：02-27954100

創　作　補　助	財團法人國家文化藝術基金會
出　版　補　助	財團法人國家文化藝術基金會
出　版　日　期	2017 年 8 月初版一刷

定價：320 元

國 ┃ 藝 ┃ 會
NCAF